100명의 가족이 말한다!

가족
해방일지

지음   기획

보통사람들   **이루미·권세연**

홍승섭	우경하	황상열	황준연	성정민	김지태	이창환	아저씨	정영광	이병진
정원기	류성현	조 현	김정현	신혁주	김영웅	이루미	권세연	이윤정	이소희
장유진	오제현	이한나	이고은	조유나	김순희	김복자	이반희	엄일현	전현숙
박은서	이은미	정서인	배하경	이가희	강경희	강효정	전애진	김경화	강성희
정혜명	정연홍	김현인	신지희	이애경	윤소정	윤정근	김미성	장유화	윤정희
조은화	송나원	김선영	신주아	이수미	오주원	박재연	박주영	김민숙	박미현
최지유	유유정	이효정	김성원	이하연	김민환	류이루아	류채연	류도훈	김민소
구한결	성민채	신우솔	신다솔	최소원	이강규	사랑이	박태희	바이올렛	김하민
김규민	그대곁에	황윤아	박이레	박한결	문서진	김강호	임소은	이현지	이예서
홍은성	정윤호	최하원	박찬희	김규린	김보민	김도원	이예린	이도경	박이루미

도서출판
청어

100명의 가족이 말한다!

가족해방일지

보통사람들

홍승섭 우경하 황상열 황준연 성정민 김지태 이창환 아저씨 정영광 이병진
정원기 류성현 조 현 김정현 신혁주 김영웅 이루미 권세연 이윤정 이소희
장유진 오제현 이한나 이고은 조유나 김순희 김복자 이반희 엄일현 전현숙
박은서 이은미 정서인 배하경 이가희 강경희 강효정 전애진 김경화 강성희
정혜명 정연홍 김현인 신지희 이애경 윤소정 윤정근 김미성 장유화 윤정희
조은화 송나원 김선영 신주아 이수미 오주원 박재연 박주영 김민숙 박미현
최지유 유유정 이효정 김성원 이하연 김민환 류이루아 류채연 류도훈 김민소
구한결 성민채 신우솔 신다솔 최소원 이강규 사랑이 박태희 바이올렛 김하민
김규민 그대곁에 황윤아 박이레 박한결 문서진 김강호 임소은 이현지 이예서
홍은성 정윤호 최하원 박찬희 김규린 김보민 김도원 이예린 이도경 박이루미

가족해방일지!!

이루미&권세연

"반복적으로 무기력함이 와요." 세 살, 아홉 살 아이 둘을 둔 엄마의 말이었다. 첫째 키우고 둘째 키우며 계속되는 육아, 엄마 역할은 잘하고 싶지만 생각보다 효능감도 어떤 아웃풋도 쉽지 않으니 시시때때로 찾아오는 무기력과 막중한 책임감이 주어진 일이다. 긴 병에 효자 없듯 긴 육아에도 활기찬 부모 되는 건 어렵다. 엄마뿐 아니라 아빠도 마찬가지다. 그 순간엔 아이들조차도.

결혼 후 감당해야 하는 역할이 많아지고 나와 다른 성별, 성향, 연령의 사람들과 가장 가까이서 매일 가족으로 살아간다는 것. 이건 보통 일이 아니다!!! 그래서일까? 0.78명. 한국은 2022년 합계출산율 경제협력개발기구(OECD) 회원국 중 꼴찌를 기록했다.

물가 상승 및 고금리의 여파로 삶이 팍팍해지는 가운데 결혼을 통해 가정을 이루어 시간과 금전을 다른 사람과 공유한다고 생각하니 심적으로 부담스러움을 느껴 결혼하고 출산하는 사람들이 줄어들면서 점점 남편, 아내, 아이로 구성된 가정을 주위에서 보기 어려워지고 있다.

이런 시대에 개인만의 행복을 추구하지 않더라도 아빠, 엄마, 아이들이 모인 가정의 형태로도 완전한 해방감을 느낄 수 있는 책을 출간했다. 가정 안의 마음 무게와 숙제는 곧 인류의 무게와 숙제다. 남편과 아내로 살며 느끼고 얻은 것들, 우애와 스마트폰 없는 놀이에 관한 생각들을 나누며 그것들을 함께 풀어갔다.

한국 최초로 100명의 대규모 가족이 함께였기에 가능했다.

헤어 나올 수 없을 것 같은 부부들의 책임감과 자책감, 아이들의 경쟁과 질투, 스마트폰에 대한 걱정은 오히려 그런 나눔을 통해 서로의 부담감을 내리고 미소와 여유까지 주었다. 태어나서 수동적으로 가족이 된 자신이 결혼해서 능동적으로 가정을 가꾸어가는 한 개인으로 되기까지 다양한 자신을 만나는 과정이기도 했다. 가족으로 살아가는 것은 이처럼 개인의 행복을 심도 있게 맛을 볼 수 있는 기회일 수 있다.

진정한 해방감, 그것은 무언가로 가득 찬 마음이 헤아려지는 순간 출구라도 찾은 듯 온다.

♥ 이 책이 나오기까지 애쓰신 분들에 대한 감사 인사는 마지막 페이지에 담아보았다.

목차
.....

──── 반짝이는 ✦ 아내 ────

———— 금쪽같은 ◆ 아이 ————

1 우애 있게 지내는 법

2 스마트폰 없이 잘 노는 법

빛나는 ✦ 남편

나의
존재 이유

홍승섭(51) ♥ 가족 바라기 도전자

    나이 50이 되어서야 가족을 위한 나의 삶을 돌아보게 되었다. 부모님의 보살핌을 받았던 삶에는 감사하며 보답하고자 노력하면 되지만 남편이 되고 부모가 된 이후의 삶은 아직 끝나지 않았기에 늦게라도 이런 시간을 갖게 된 것은 나와 가족을 위해 의미 있는 일이라고 생각한다. 가정에서 아빠 또는 남편은 어떤 존재여야 할까?

    X세대의 선두 격인 나는 1997년의 IMF 외환위기 직전에 대학 졸업과 함께 극적으로 취업에 성공했다. 당찬 포부를 품고 시작한 회사생활인 만큼, 성공하여 멋진 가정을 꾸리고 싶은 욕심이 있었기에 열심히 일했다. 2001년 결혼 후에는 한층 더 노력을 기울였지만, 야근이 잦아지고 때로는 휴일이나 명절 연휴도 없이 일하는 경우가 이어졌다. 그 사이 첫째 딸이 태어났고 아내가 유산했으며 둘째 아들과 셋째 딸이 태어났다.

    첫째 딸이 6살이던 해였다. 하루는 밤늦게 퇴근한 나에게 첫째가 유치원에서 그린 그림이라며 아내가 도화지를 내밀었다. 주말에 재미있었던 일을 그리라는 선생님의 말씀에 그린 그림이라고 했다. 방 한쪽에서 잠을 자는 나와 동생을 안은 채 나를 등지고 앉아 있는 아내의 모습이 그려져 있었다. 정작 주인공인 딸은 그림 속에 없었다. 순간 가슴이 뭉클해지며 미안한 마음에 잠들어 있는 딸의 모습을 볼 수 없었다. 그런데 그 이후에도 나의 생활에는 변함이 없었다. 그것이 가족을 위하는 길이라 생각했기 때문이었다.

　맞벌이 부부임에도 세 아이에 대한 육아를 전담했던 아내는 지쳐 갔고 인내심은 한계에 도달했다. 자연히 나와 다투는 일이 잦아졌고 한번 다투면 오래갔다. 그러던 어느 날 아내가 말했다. "자기 내 남편 맞니? 쟤들 아빠는 맞고? H가 내년에 고등학생이야! 알아? Y랑 1분 이상 대화해 본 적 있어? J가 몇 학년 몇 반인지 알아? 일이 다가 아니고 돈이 다가 아니잖아! 안 그래? 회사 일은 혼자 다 하니? 그럼 그냥 회사에 있어. 집에 들어오지 말고!"

　그랬다. 나의 마음은 줄곧 가족이 아닌 일을 향해 있었다. 가장으로서 어떤 상황에서도 가족이 최우선이어야 했지만 나는 그러지 못했음을 스스로 고백할 수밖에 없었다. 이렇게 당연한 것을 깨닫는 데 22년이 걸렸다. 막상 일을 향하던 마음을 가족에게로 돌리고 보니 가족의 바람은 크고 어려운 것이 아니었다. 그저 작은 관심과 시간을 공유하는 것, 가족을 바라보다 그들이 내게 손짓할 때 곁에 있어 주면 되는 것이었다. 아내가 산책하거나 마트에 갈 때 동행하는 것, 큰딸의 연주회에 참석해 브라보와 앙코르를 외치는 것, 아들과 함께 라면을 끓여 먹거나 김밥을 싸 들고 산에 오르는 것, 막내딸의 담임선생님을 만나 아이에 관해 상담을 나누는 것, 그리고 가끔은 함께 영화를 보고 여행을 가는 것 등이다. 이렇게 평범한 일들로 가족이 즐겁고 행복할 수 있다면 가장의 역할도 할 만한 것 아닐까! 아바타2에서 주인공 제이크 설리는 말했다. "가족을 지킨다. 그것이 나의 존재 이유다."라고.

혹시 몇 년 전의 내 모습과 같은 가장이 있다면 말하고 싶다. 시작은 가족을 바라보는 것이며, 지금 실행하지 않는다면 나중에 후회하며 슬퍼할 수 있다고.

좋은 남편,
좋은 아빠가 되고 싶다

우경하(42) ♥ 나연구소 대표

　'어쩌다 보니 어른'이라는 말처럼, 어쩌다 보니 결혼을 했고 누군가의 남편과 아빠가 되었다. 아내와 아이들이 생기고 나니 혼자 살 때와는 다르게 신경 쓰고 챙겨야 할 것이 많아졌다. 내게 주어진 역할들이 즐겁고 보람되기도 하고 때론 부담이 되기도 한다. 잘해야 한다는 책임감에 마음이 무거워질 때도 있다. 가끔은 '내가 잘하고 있나?' 하는 생각이 들어서 다른 사람들은 어떻게 하고 있는지 궁금하고 잘하는 사람들의 비결이 궁금하기도 하다.

　경북 안동에서 장남으로 태어난 나는 유교문화, 주입식 학교교육, 보수적인 분위기 등으로 어린 시절 내성적이고 소심했고 표현을 못하는 성격이었다. 우리 부모님들도 자식들에게 살가운 애정 표현이나 깊은 정을 나누는 것을 잘 못했다. 자신들도 경험하지 못했고 먹고살기가 우선이었던 시절이었기 때문이다. 나도 그런 영향을 받아서 아내와 아이들에게 생각과 마음을 따뜻하게 표현하는 것이 어렵고 잘되지 않는다.

가끔은 불필요하게 아이들에게 화를 내고 마음을 잘 다독여주지 못하는 내 모습에 속이 상한다. 두 딸도 이제 중학생과 초등학교 5학년이 되어 학교와 학원 다니느라 바쁘고 친구들과 노는 것을 더 좋아하는 시기가 왔다. 예전처럼 함께 놀러 다니고 감정과 경험을 나누는 시간이 줄어들어서 아쉽기도 하다.

아내는 큰애가 어린이집에 간 후부터 헤어 액세서리 아르바이트를 시작했고 손재주를 인정받아 독립해서 부업장을 차렸고 10년이 넘게 일을 하고 있다. 주로 미싱으로 작업을 많이 하는 일이라서 오래 하고 나면 어깨가 아프다고 해서 안쓰럽다. 일하면서 집안 살림에 아이들 돌보기까지 많은 일을 하는 아내를 보면 '내가 좀 더 잘해야지' 생각이 들지만 일이 바쁘다는 핑계로 잘 도와주지 못해 늘 마음에 걸리고 미안하다.

좋은 남편, 좋은 아빠의 정의를 생각해 본다. 여러 가지 관점이 있겠지만 우선은 가장이기에 경제적인 부분에 많은 무게를 두고 있다. 15년가량 직장 생활을 하다 1인 기업으로 사업을 시작한 지 3년차가 되어 사업의 성장과 안정을 위해 많은 시간과 에너지를 쓰고 있다. 고정적인 월급을 받던 직장인에서 열심히 하고 잘하지 않으면 안 되는 사업가가 되고 보니 집안일보다 일에 더 많은 신경을 쓰고 있다. 그러다 보니 아내와 아이들에게 잘해주지 못해 아쉽기도 하다.

시간이 지나면서 생각과 가치관들도 변하겠지만 지금 내 상황에서 좋은 남편, 좋은 아빠란 경제적으로 잘 뒷받침되는 능력 있는 가장이라는 생각이 든다. 모든 일에는 다 때가 있고 지금 나는 열심히 일할 때다. 내 사업을 안정적으로 만들어 놓고 가족들에게도 더 좋은 남편, 아빠가 되고 싶다.

마흔의 가장으로
살아간다는 것은

황상열(46) ♥ 닥치고 글 쓰는 엔지니어

 2·30대 시절 남들이 보기에는 평범하게 산 것처럼 보이지만, 나름 대로 많은 방황과 고통 속에 하루하루 버티며 살았다. 앞으로 어떻게 살아야 할지 두려웠다. 35살 해고 후 39살까지 또 몇 번의 이직을 했지만 어디에도 자리를 잡지 못했다. 쓸데없는 생각과 욕심이 많아 조금만 힘들면 다른 일자리를 찾았다. 이렇게 떠돌다가 마흔이 넘어 어디라도 정착하지 못하면 인생이 끝날 것 같았다.

 40대 이후를 어떻게 보내느냐에 따라 남은 인생 후반전을 잘 갈 수 있다고 많이 이야기한다. 30대 후반 독서와 글쓰기를 다시 만나기 전까지 오로지 어떤 회사에서 자리를 잡는 것만 생각했다. 그렇지 못하면 내 인생이 끝나는 줄 알았다. 독서와 글쓰기를 통해 시야가 넓어졌다. 회사가 아닌 다른 울타리에서 열심히 살아가는 다양한 사람을 만났다. 그것을 통해 인생도 하나의 길만 있는 게 아니라는 사실을 다시 느끼게 되었다.

 내 나름대로 치열하게 읽고 쓰면서 마흔을 맞이했다. 39살부터 올해까지 8년 동안 직장업무와 집안일, 지인 만남 등을 제외하면 오로지 읽고 쓰는 삶에 집중했다. 나의 40대는 읽고 쓰는 삶으로 채우고 싶었다. 직장에서 받는 월급 외에 책 판매로 받는 인세, 소규모 강의로 열어 받는 강의료 등 돈을 벌 수 있는 수단을 한두 개 더 늘릴 수 있어 감사했다.

여전히 한국 사회에서 마흔은 불안한 나이다. 이 시기에 한 번 삐끗하여 넘어지면 다시 일어나기 힘들다. 잠든 세 아이와 아내를 볼 때마다 더 열심히 살아야겠다고 마음먹기도 하지만, 잘 키울 수 있을까 하는 불안감도 여전히 없지 않다.

내가 마흔의 가장으로 살아간다는 것은 이런 두려움, 불안감과 싸우면서 다시 한 발짝 나아가는 몸부림이다. 특히 자본주의 사회에서 큰 비중을 차지하고 있는 돈과의 사투가 지금 나에게는 가장 큰 과제일지 모른다. 비단 나뿐만 아니라 나와 비슷한 40대라면 누구나 공감하는 문제일 것이다. 먼저 마흔을 거쳐 간 부모님이나 장인어른, 선배들은 한결같이 이렇게 이야기한다.

"마흔으로 살아가는 것은, 아니 인생을 살면서 나이가 든다는 것은 일상에서 아직 일어나지 않는 불확실성에 대해 미리 걱정하지 말고 마주하며, 일어난 결과에 대해서는 담담하게 받아들이는 것이 익숙해진다는 의미다."

여전히 그 삶의 무게가 무겁게 느껴질 때가 많다. 너무 조급해하지도 말고, 욕심내지도 말자는 생각으로 천천히 한 걸음 한 걸음씩 나아가야겠다.

저절로
아빠가 되는 줄 알았다

황준연(37) ♥ 책 쓰기 코치

　평범하지 않은 20대를 보냈다. 27살에 군대에 갔다고 하면 어느 정도 설명이 될까? 제대하면 서른인데 아무것도 이룬 것이 없었다. 심지어 지금은 결혼과 출산 그리고 인간관계까지 포기한다는 N포 세대다. 평범하게 살아가는 사람도 포기하는 결혼을 할 수 있을까? 하지만 정말 자연스럽게 한 사람을 알게 되었고, 결혼까지 하게 되었다. 자연스럽게 아빠도 될 줄 알았다. 그런데 아니었다.

　아이는 스스로 크는 줄 알았다. 울면 분유를 주고, 기저귀를 갈아주면 울음을 뚝 그칠 줄 알았다. 그런데 내 속을 모르는지 아기는 계속 울기만 했다. 나도 아기 옆에서 같이 울고만 싶었다.

　집에 와서는 전쟁이었다. 무려 이틀 동안 밤을 새우고 강의를 하기도 했다. 아기는 밤마다 울었고, 나도 거의 포기 상태였다. 아내도 힘들어했고, 서로 싸우기까지 했다. 출간하기로 했던 원고도 마치지 못하고, 어쩔 수 없는 강의만 억지로 했다. 이대로는 도저히 안 되겠다는 생각이 들어 육아서를 읽기 시작했다. 그리고 그날부터 수면

교육을 하고, 계획표대로 생활하기 시작했다. 놀랍게도 그날 이후 아이는 12시간씩 밤잠을 자고 있다.

'나는 왜 독서법과 책 쓰기 그리고 강의하는 법은 책으로 배웠으면서 육아는 그러지 못했을까?'

아마 나는 그것이 저절로 될 것이라 생각했기 때문이었을 것이다. 하지만 절대 아니었다. 그리고 내 생애 가장 힘들었던 일이 있다면 나는 그것을 무지함으로, 오로지 나의 감으로 육아했던 그 순간들이라고 하고 싶다.

'육아가 힘들다.'라는 말이 핑계라고 생각했다. 하지만 육아를 하고 나자 그 생각은 180도로 바뀌었다. 나는 확실히 말할 수 있다. 책 쓰기보다 육아가 몇십 배는 더 힘들다고 말이다.

육아를 하면서 나는 많은 것을 깨닫게 되었다. 특히 육아가 얼마나 힘든지 토로하는 사람들을 이해할 수 있었다. 내가 결혼하지 않았다면, 내가 직접 육아를 하지 않았다면 아직도 그 마음을 이해하지 못했을 것이다. 무엇보다 가장이 되니 부모님을 다시 보게 되었다. 괜히 미안한 마음에 어머니께 안부 인사를 자주 드리게 된다.

나에게 가장이라는 선물을 준 내 딸 또 내 아내에게 감사하다.

여보!
막내가 스무 살 되면 우리가…

성정민(53) ♥ 마음놀이터 대표 / 부부, 가족상담 전문가

육아에 지쳐가는 아내를 바라보며 마음에 소원을 빌어본다. 막내가 빨리 일곱 살이 되면 좋겠다. 기저귀, 분유통, 물통 등등 바리바리 챙겨야 하는 짐이 한가득이다. 큰딸과 아들 셋, 사 남매이다. 아들들은 15개월 차이 연년생이다. 거실 청소를 하고 나면 "와! 집이 깨끗하네." 하면서 레고 통을 쏟아버린다. 청소 후 30분 원상 복귀. 언제쯤 이 짐을 놓을 수 있는 날이 올까 막막하게 느껴졌다. 드디어 막내가 일곱 살이 되었다. 그리고 시간이 흘러 13년 동안 중2병이 네 번 지나갔다. 며칠 전 막내가 고등학교를 졸업했다. 안도의 한숨이 나온다. 이날을 기다렸다.

"여보! 막내가 스무 살 되면 우리가 이것저것 하자."라고 했던 아내와 나눈 이야기가 생각난다.

아내와 나는 조금씩 힘이 생기면서 함께 하는 시간이 많아지고 있다. 집주변 산책하기, 재래시장으로 장 보러 가기, 장례식, 결혼식

함께하기, 부부학교 강의 함께하기, 해외여행 함께하기 등등이다. 강의하러 이동할 때도 아내는 '당신과 함께 하니 멀어도 좋습니다.' 교통체증이 심해서 시간이 오래 걸려도 '당신과 함께 있는데 뭐가 문제예요? 좋아요.'라고 말한다. 사랑하는 사람과 함께하는 이 순간이 우리가 기다려온 그날로 여겨진다.

얼마 전 아내는 "여보, 우리가 이제 독립해야겠어요.", "부모의 독립! 아 그거 좋은 생각이네요." 남자로 태어나서 성장하여 남성이 되고, 사랑하는 아내를 만나 결혼하여 남편이 되고, 자녀가 출생하여 아버지가 된다. 부모의 독립은 이제 다시 성장하여 사랑하는 부부로 살아가는 현재의 모습이라 생각하니 만족스럽다.

한편, 오십 대 중년으로 살아간다. 노화라는 단어가 점점 피부로 느껴진다. 가끔 아내와 서로 얼굴을 바라볼 때면 여기저기 생겨난 점과 주름이 보인다. 얼굴에 있는 점 빼러 피부과에 다녀왔다. 자외선 차단 크림을 자주 바르라고 한다. 자외선 차단 크림을 바르다 보니 얼굴이 밝아 보인다. 그래서 혹시나 하고 주름에도 자외선 차단 크림을 발라보지만 여전하다.

익명으로 쓰인 글에 "마음은 늙지 않는다. 사람들은 피부에 주름이 생길 때가 아니라 희망 혹은 꿈에 주름이 생길 때 노화가 찾아왔다."라고 말한다. 글귀에 마음이 기울여진다.

그렇다면 스스로에게 물었다. 꿈이 있는가? 꿈이 있다. 치유적 글쓰기를 통해 사람들의 성장을 돕는 꿈, 상담을 통해 마음에 주름이나 상처를 치유하는 꿈, 부부학교를 통해 관계를 치유하여 회복케 하는 꿈, 치유프로그램을 통해 영혼의 주름이나 아픔을 치유하여 천국을 소망하게 하는 꿈이다. 이 꿈으로 '마음은 늙지 않는다'를 마음에 새기며 오늘 하루도 성장하며 노화를 뒤로하고 한 걸음 나아간다.

주말용
아빠

김지태(39) ♥ 자칭 맥가이버

   나는 출장이 잦은 직업을 가지고 있다. 첫째 아들이 태어나고 돌이 되기 전까지는 경상도 팀으로 발령을 받아서 주말부부로 지냈다. 세종으로 이사를 오면서 주말부부는 벗어났지만 잦은 타지 출장으로 집에 올 수 없는 날이 많았다. 감사하게도 그런 우리 부부는 연년생으로 둘째 딸을 맞이하는 축복을 얻게 되었다.

   신혼 때는 캠핑을 즐겼다. 장인어른, 장모님을 캠핑장으로 초대해 첫째 임신 소식을 알리기도 했다. 아내의 배가 부르고 아이가 태어나면서 우리의 캠핑은 막을 내리는 듯했다.

   나는 직업도 그러하듯 역마살이 끼었는지 집에 가만히 있지 못하는 성격이다. 와이프와 아이를 데리고 문화생활이건 관광지건 가리는 곳 없이 어디든 돌아다닌다. 어디 놀러 갈 곳이 없나 찾아보는 것도 나의 중요한 일과이다.

첫째가 두 돌이 되면서 온 식구가 다 같이 할 수 있는 취미로 캠핑을 다시 시작했다. 아이들이 어릴 때 캠핑을 가면 놀이터나 비눗방울, 비행기 날리기 등 놀이에 제한이 많았지만, 점점 커가면서 킥보드, 자전거, 축구 등 다양한 신체활동을 할 수 있게 되었다. 육체적인 건 아빠인 내가 담당하게 된다. 아이들과 놀다 보면 체력적으로 힘에 부딪힌다. 내가 나이를 먹었나 보다. 조금만 놀아도 지치는 나와 달리 아이들은 심장이 세 개인가 보다.

가끔 캠핑을 온 다른 가족에 비슷한 또래 아이가 있으면 형, 언니, 동생 섞여 술래잡기, 오징어게임 등 함께 놀며 금세 친해진다. 아이들끼리 서로 친해져 놀다 보면 부모까지 같이 친해지는 경우가 종종 있다. 이렇게 온 가족이 즐기며 캠핑의 맛이 이런 거구나 생각하며 행복해진다.

일하느라 아빠의 역할에 충실하지 못한 날이 허다하다. 힘들고 지친 마음을 주말에 떠날 캠핑을 생각하며 다독인다. 아이들의 해맑은 미소와 웃음소리를 들으면 모든 피로가 풀리고 살아있음을 느낀다. 이것이 내가 가장으로 아빠로 살아가는 방식이다.

이번 주는 어디로 떠날까?
무슨 놀이를 할까?
벌써 설렌다.
주말용 아빠는 그렇게 다시 일어선다.

그의 이름을
불러주기 전에는

이창환(53)   ♥ 새내기 아빠 작가

　어린 시절, 모든 것이 새롭고 내게 주어진 환경을 탐색하느라 하루하루가 흥미롭고 즐거웠다. 그러다 문득 '나는 누구지? 난 여기서 무엇을 해야 하지?'라는 생각이 들었고 마치 나 자신이 세상의 주인공 같다는 착각 속에 빠졌다. 이 사건이 무척이나 신기하여 일기장에 적어 놓았다.

　조그맣고 호기심 많던 아이는 어느덧 중년의 나이가 되어 우연히 그 일기장을 다시 보게 되었다. 인식하지 못하던 사이 40년의 세월이 지나가 버린 것을 알았다. 대체 주인공은 어디로 간 걸까? 그때의 생각은 다 어디 가고, 주어진 삶에, 주어진 환경에 적응하느라 분주한 내 모습만 떠오르니 참을 수 없는 서러움이 복받쳐 오른다. 그동안의 삶을 복기해 보니 참 많은 일이 있었다.

　이사, 전학, 입학, 입대, 제대, 졸업, 취업, 결혼, 출산, 승진, 퇴사, 창업….

　그저 평범한 삶 속에서 남들과 다르지 않고 무리 속에 있기 위해 그렇게 아등바등 산 것 같다. 그런데 나는 지금 어디를 향해 가는 건지…. 숲에서 길을 잃은 것 같다.

상실감에 젖어 안양천 뚝방길을 걷다 보니 문득 바람에 흔들리는 작은 가시가 보인다. 저 녀석이 나를 보고 손을 흔드는 것 같아 가서 잡아 주었다. 나도 모르게 헛웃음이 나온다. 그러다 참새 지저귀는 소리가 들리고 물이 흐르는 소리, 파란 하늘에 구름도 보인다. 이런 환경을 느끼며 살았던 게 언제였지? 당최 기억이 나지 않는다. 나에게 허락된 이렇게 아름다운 환경이 있는데 왜 알지 못했을까? 무엇 때문에 이리도 바쁘게 살았을까?

사무실로 돌아오는 길에 먹고 살 걱정, 돈 벌 걱정을 뒤로하고 현재 내가 대면하고 있는 상황을 직시해 본다. 횡단보도에 파란불이 깜빡이다가 숫자로 바뀌는구나? 저분은 무슨 생각을 하느라 저렇게 얼굴에 수심이 가득할까? 여기는 따릉이 자전거가 왜 이리도 많이 있을까? 임대? 이전에 무슨 가게가 있었지? 온통 물음표만 달린다. 내 눈에 보이는 하나하나에 의미를 부여하고 그들의 이름을 불러주었을 때, 그들은 나에게 하나의 의미로 다가왔다. 어느덧 호기심 많은 그 시절의 어린아이와 같은 눈으로 보고 있는 나를 본다.

사무실 의자에 앉아 오늘을 반추해 보니 오늘 일은 오늘에 족한데 그 걱정과 근심을 계속 달고 살았다. 그 걱정이 나의 눈을 멀게 하고 그 근심이 나의 귀를 닫아 버려 내가 누려야 할 이 멋진 세상을 보지 못했다. 세상은 살만한 곳이다. 지나온 내 인생을 폄하하지 말고 소중한 기억으로 바라보고, 주어진 환경을 감사하며, 앞으로의 삶을 열심히 살아보고자 다시 한번 결심해 본다.

나는
가장이다

아저씨(46) ♥ 아내보다 오래 살고 싶은 가장

    가장하면 제일 먼저 아버지가 생각이 난다. 나는 성인이 되기 전까지 아버지께서 힘들어하시거나 괴로워하신 적을 본 적이 없다. 자기관리에도 철저하시어 식단 관리와 오늘 있었던 일을 간략히 매일 적으시고, 집에 수도나 전기등 고장이 나면 직접 다 고치시는 만물박사이기도 하셨다. 회사, 집, 성당 대부분의 시간을 이 세 곳에서 보내셨다. 술, 담배도 일절 하시지 않으셨다. 힘들거나 슬프거나, 기쁠 때 아버지는 언제나 내 뒤에 말없이 계신 분이셨다. 특별히 말이 없어도 있는 것만으로 힘이 되는 가장, 힘들 때는 쉬도록 어깨를 내어주는 가장, 내가 꿈을 가질 수 있게 만든 가장…. 나의 아버지는 이런 가장이셨다.

    나도 나이를 먹어 지금은 두 아이와 아내가 있는 가장이 되었다. 솔직히 신혼 초에는 가장이라는 생각을 해본 적이 없다. 그저 신혼의 단꿈에 살고 있었다. 아버지는 돌아가시고, 아내가 첫째 아이를 임신하고 얼마 되지 않아 하던 사업이 문제가 생겨 부도가 났다. 집도 없어지고 그야말로 길거리에 나앉게 생겼을 때였다. 내가 가장이라고 느낀 것은 이때부터였을 것이다. 아버지가 안 계시니 기댈 곳도 없었다. 일단은 당장 생활할 돈도 얼마 남지 않은 상황이었다.

　정말 닥치는 대로 일을 하였다. 직장을 구하려 했으나 나이가 있어 쉽지 않았다. 건설 일용직부터 퀵 서비스도 해보고 이것저것 하였다. 퀵 서비스를 할 때에는 밥도 안 먹었다. 한 푼이라도 아끼려고 노력했다. 몸이 사시나무 떨리듯 아픈 적도 있었다. 하지만 일을 해야만 했다. 아버지가 그랬던 것처럼 아내에게는 힘들어도 괴로워하거나 하는 모습을 보이지는 않았다. 가장인 내가 힘들어하고 괴로워하면 누굴 믿고 의지할 것이며, 아마도 잠도 자지 못할 것 같았다. 나의 아버지가 힘든 모습을 보이지 않은 이유를 그제야 깨달았다.
　삶이 너무나도 막막했다. 하늘의 도움이었을까…. 어릴 적부터 친한 친구가 자기 아파트에 와서 살라고 했다. 혼자였다면 친구 집에 가지 않았을 것이다. 조금 있으면 아이도 나오는 상황이다 보니, 자존심을 내세울 처지가 아니었다. 가장에겐 자존심보다 내 가족이 언제나 우선인 것이다. 그곳에서 몇 년을 지내며 기반을 다시 마련할 수 있었다. 그 친구와는 지금도 자주 연락을 하며 고마움을 표현하고 있다.
　내가 가장으로서 해야 할 마지막 일은 오래 사는 일이다. 나는 아내보다 오래 살고 싶다. 내가 먼저 죽으면 슬퍼할 아내의 모습도 가장의 무게를 겪는 모습도 보고 싶지 않기 때문이다. 두 딸도 커서 가정을 꾸리고 나를 대신할 든든한 남편이 생길 때까지 살아있고 싶다.

내 삶의 원동력인 나와 똑 닮은
하나밖에 없는 아들에게

정영광(36) ♥ 재무컨설턴트

젊은 나이에 결혼해서 나와 생김새도 성격도 똑 닮은 아들이 나왔다.

빨리 커서 같이 하고 싶은 일들이 많았는데 벌써 초등학교 5학년이 되었다. 나처럼 힘든 삶을 살지 않았으면 하는 마음에 하루도 빠짐없이 일하고 또 일한다.

부모님 세대가 우리들에게 희생하셨던 것이 이해가 되지 않았는데 학부모가 되다 보니 조금 더 좋은 환경에서 키우고 싶어졌다. 자식에 대한 사랑이 더 커질수록 조금씩 이해가 되었다. 그리고 업무가 더 많아지면서 내가 조금 희생하면 될 것 같았다.

어릴 때는 같이 있는 시간이 너무 많았지만, 지금은 한 달에 한 번 정도로 정말 원 없이 놀아주는 정도이다.

다니고 싶은 학원, 갖고 싶은 옷, 게임기…. 뭐든 다 해주고 싶고 아낌없이 사랑해주고 있지만, 아들은 많이 서운한 내색을 한다.

마음이 아프고, 일하다가도 아들만 생각하면 눈물이 나기도 하는데 내가 피아노 전공을 하다보니 감수성 때문에 눈물이 흐르곤 한다.

"아들아, 아빠는 항상 아들 편이고 누구보다도 너를 제일 사랑하는 아빠란다.
하루가 너무 힘들어도 내 삶의 원동력은 당연히 아들이란다.
지금은 이해하기 힘들겠지만, 왜 이렇게 힘들게 일해야 하는지,
왜 더 열심히 해야 하는지 아들에게도 말해주고 싶구나.
크면 나를 이해해주는 날도 오리라 믿는다. 건강하게 잘 자라줘서 정말 고맙고 아빠와 똑 닮아서 아직은 내성적인 성격일지라도 자신감 갖고 지금처럼 행복하자.
내일은 아빠랑 여행가자. 사랑해."

유튜브를
이기는 법!!!

이병진(46) ♥ 아들 바보 늦깎이 프로 육아빠

　"자기야! 어디예요? 집에 다시 와봐야 할 것 같아요!" 평소답지 않
은 내 격앙된 목소리에 놀란 아내가 깜짝 놀라 반문한다. "왜 그래
요? 무슨 일이에요?" 그런 아내에게 나는 이렇게 대답한다. "자기야!
아무래도 임테기(임신테스트기)가 이상해요! 조금 전에 같이 확인한
임테기는 한 줄이었는데 지금은 두 줄이에요!" 임신이 아님을 확인
한 아내는 운동하기 위해 외출을 한 상태였고, 나는 집에서 청소하
던 중 임테기에 희미한 줄을 발견하고 급하게 아내에게 연락한 것
이다. 다시 한번 확인하니 간절히 바라던 대로 임신이었다!

　태양처럼 밝게 빛나는 아내를 만나 열정적으로 사랑했고 결혼을
한 후, 오랜 기다림의 마지막 자락에 아이가 우리 부부에게로 찾아
왔다. 우리에게 와준 아이에게 너무나 고마웠고 그런 아이를 건강
하게 갖게 된 아내에게 더더욱 고마웠다. 그래서 나는 아이가 태어
나면 엄마의 도움이 많이 필요한 영아기가 지나면 육아를 전담하기
로 마음먹었다.

출산 후 아내와 아이는 건강하게 집으로 돌아왔으며, 혹독한 육아 신고식을 치르는 영아기 동안 아내와 함께 육아를 같이하면서 아이를 보살피는 법을 익힌 후 육아하는 '초보 육아빠'로서의 생활이 시작되었다. 3세까지는 아이와 몸과 마음을 다해 놀아주기만 하면 되었다. 몸은 힘들었지만, 아이와 같이 시간을 보내는 것이 내게는 행복 그 자체였다. 그런데! 우리의 이런 행복한 시간을 방해하는 강력한 경쟁자가 나타난 것이다. 그는 바로 '유튜브'란 무시무시한 즐거움이었다. 많은 아이가 유튜브에 빠져서 부정적인 영향을 받을 수 있었는데 우리 아이도 예외는 아니었다. 아빠랑 노는 시간만큼 유튜브와 노는 시간도 길어진 것이다.

아내와 이 문제에 대해서 고민하고 낸 결론은 하나였다. 아빠가 유튜브보다 더 재밌으면 된다는 것이었다. 세상에나…. 세계적인 기업을 상대로 선전포고하는 아빠라니! 하지만 난 자신 있었다. 누구보다 사랑하는 아들과 다시 없을 소중한 시간을 유튜버에게 빼앗기고 싶지 않았기 때문이다. 그래서 아이와 더욱 즐겁게 놀기 위한 평범하지만, 실행할 방안들을 생각하고 실천하기 시작했다.

집 밖에서는 재미있고 특색 있는 키즈카페 가서 같이 뛰어놀기, 공원에서 킥보드 타기, 놀이터에서 모래 놀이하기, 자전거 뒷좌석에 태우고 아라뱃길에 있는 국숫집 가서 국수 먹기, 버스랑 지하철 타고 장난감 사러 가기, 여러 지역의 물놀이터에서 놀기, 놀이공원 가기, 동물원 가기 등 주말이면 새로운 지역, 새로운 환경에서 같이 즐기는 마음으로 시간을 보냈다. 집안에서는 가구 배치를 바꾸고 매트를 깔아서 키즈카페처럼 꾸미고 놀기, 각종 보드게임 갖고 놀기, 아빠 등에 매달려서 오래 버티기, 철봉 그네, 술래잡기 등을 통해 시간 가는 줄 모르고 즐겁게 놀고 있다.

이런 아이에게 "잠깐 유튜브 보고 있어."라고 말하면 아이는 이렇게 대답한다. "싫어! 아빠랑 놀 거야! 아빠랑 노는 게 훨씬 재밌어!" 나는 사랑하는 아이를 위해 유튜브를 이기는 프로 육아빠이다!!!!

49살에
나를 되돌아보기

정원기(49) ♥ 좋은 아빠 되기

    내 나이 올해 49세⋯. 딸 2명, 아들 1명을 둔 가장. 내년이면 하늘의 명을 알았다는 지천명이 되는 나이. 50이 되어 버렸다. 대학교 졸업 후 자본주의가 만들어 놓은 울타리 안에서 미친 듯이 앞만 보고 달려온 시간들. 항상 고인 물이 되지 않으려고 계속 배움을 멈추지 않았고 노력한 만큼 성과도 나왔기에 나름 잘 살고 있다고 나 스스로 위안을 삼고 지낸 시간이었던 것 같다.

    코로나란 사건이 터지기 전까지는⋯.

    결혼하기 전에 나의 꿈은 좋은 아빠가 되는 것이었다. '좋은 아빠' 비록 네 글자지만 이 단어 안에는 남편, 아빠, 아들, 사위, 동생으로서 정원기가 아닌 수많은 다른 이름들이 있다. 그 이름들이 가지고 있는 책임감과 무게감⋯. 이 모든 것을 완벽하게 감당한다는 것은 불가능한 일일 수도 있고 세상에서 제일 힘든 '꿈'이지 않았나 싶다.

    돌아가신 아버님은 지독한 가부장적인 가장이셨다. 재주가 많으셨던 어머님께서 평생 아버님 수발에 헌신하신 모습을 보며, 누군가 나의 아내가 된다면 가정주부보다는 본인의 꿈이 있다면 지지해 주는 그런 남편이 되고 싶었다. 그래서인지 신혼 초에 동네에 머물러있는 아내를 보며 책도 선물해주고 인문학 강의도 같이 다니고 가정의 교통정리도 해주었던 것 같다.

그 결과, 이제야 아내는 본인의 꿈! 그 길을 찾은 듯하다. 하지만 코로나 2년 동안 금전적 신체적 정신적으로 너무나도 최악이고 다른 누군가를 돌아본다는 게 사치가 되어버린 지금의 나…. 살면서 가장 어려운 이 시기에 꿈을 찾아버린 아내. 삶은 참 아이러니한 듯하다.

사랑도 기부도 내가 할 수 있는 상황에서 하는 건 진정한 사랑도 기부도 아니듯이 가장의 역할 또한 그러한 듯하다. 인생에서 쓴맛을 보고 나니 내가 가진 것에 감사함을 알게 되고 나를 이제야 돌아보게 되는 것 같다. 과연 나는 지금까지 몇 점짜리 아빠일까? 나는 나에게 몇 점을 줄 수 있을까? 후한 점수를 줄 수는 없지만, 오늘부터 다시 시작해도 늦지 않았다고 생각한다.

자본주의 사회에서 '돈'은 필수 불가결한 존재인 듯하다. 하지만 돈의 노예가 아닌 진정한 부를 이루어서 내가 받은 수많은 혜택을 사회에 환원하고 싶다. 초심만 잃지 않는다면 이것을 이루어가는 길에 '좋은 아빠'란 나의 꿈도 같이 이루어지지 않을까 생각한다. 이 꿈을 이루기 위해 오늘부터 매일매일, 나는 나를 응원할 것이다.

세상의 모든 아빠들 화이팅!

나는
아빠다

류성현(49) ♥ 상상을 현실로 만든 작가

　회사에서 일하고 있는데 작은 처남한테 전화가 왔다. "매형, 누나가 아기 낳을 것 같은데요. 지금 병원으로 출발했다는데 병원으로 빨리 가보세요." 열 달 동안 배가 불러오는 아내를 보고 있으면서도 무덤덤하게 지내왔었는데 전화 한 통에 마음이 조급해졌다. 하던 일을 멈추고 헐레벌떡 옷을 갈아입고 병원으로 갔다. 산부인과에는 오늘따라 왜 이리 사람이 많은지, 어디가 어딘지 앞도 잘 안 보이는 것 같았다. 평소에 아내와 같이 산부인과에 오기도 했지만, 병실을 찾아가는 동안 복도가 왜 이리 긴지…. 사람이 안 보이니 마음이 더 조급해져서 앞도 잘 안 보이는 것 같았다.

　병실에 누워 있는 아내는 편안하게 맞아주고 걱정과는 다르게 밝아 보여서 안심이 되었다. 평소에 함께 생활해도 불편하거나 급박한 일이 별로 없다 보니 아내가 임신해도 무엇이 필요하고 불편한지 말을 하지 않으면 잘 몰랐다. 진통이 올 때마다 힘들어하는 아내를 보고 있으니 어찌할 바를 몰라 안절부절못하고 있는데 작은 처남이 병원으로 와서 밖에서 짧은 대화를 나누고 저녁을 먹었다. 병실에 누워있는 아내가 걱정이 되어서 먹던 것도 어디로 넘어가는지 아무 생각이 없었다. 처남과 그냥 이렇게라도 마주 보고 너스레라도 떠니 괜찮아지는 것 같았다. 처남을 보내고 병원으로 들어서니 또 마음이 급해졌다.

아내는 진통이 빨라져서 수술실로 이동하고 간호사들이 분주하게 움직이고 있었다. 들어간 지 몇 분도 안 되었는데 왜 이리 소식이 없는지…. 어떻게 될지 몰라 속만 탔다. 잠잠해진 수술실 안에서 아기 울음소리가 들렸다. "응애~ 응애~" 하는 소리에 내 아이인가? 입가에 절로 웃음이 나왔다. 이 녀석이 드디어 세상에 나왔구나. 순간 안도감이 들면서 마음 깊이 충만함이 가득 찼다. 의사 선생님의 배려로 아기를 병실로 보내주셨다. 새까만 머리카락에 또렷한 얼굴을 가진, 작고 조그만 아기가 병실로 왔다. "이 녀석이 나를 아빠로 만들어줬네. 하하하~ 하하하~." 벌써 딸 바보가 된 것 같이 기분이 들떴다.

이 작고 조그만 아이가 우리 가족이 되었다는 것을 알리는 듯 "응애~ 응애~" 하고 울음을 터트리는데 정적을 깨듯 병실 안에 아기 울음소리가 경쾌하게 들렸다. 옆에 있는 아내가 얼굴을 바라보며 "우리 애가 아빠를 알아보나 보네요."라고 말하며 웃었다. 나도 빙긋이 웃었다. "고 녀석 참 크게 될 놈일세." 장인어른과 장모님이 병원에 들어오시면서 참으로 기뻐하셨다. 그런 두 분을 보니 멋쩍어졌다.

이렇게 우리는 가족이 되었다. 작고 반짝반짝 빛나는 두 눈을 가진 아기는 첫 딸아이이다.

'사랑'의
언어

조현(35) ♥ 열정 아내, 7살 공주 그리고 6살 대장과 살아가는
　　　　　　12년차 소방관

　어릴 적부터 '사랑'이라는 단어가 어색했다. 아무래도 내가 자란 가정의 분위기 때문이 아닐까. 유년 시절을 떠올리면 아버지는 늘 엄하셨고, 어머니는 따뜻한 마음을 가진 분이셨지만 말과 스킨십으로 사랑을 표현하는 것은 늘 어색해하셨다.

　그래서일까. '사랑'이라는 단어가 성인이 되어서도 늘 어색하고, 민망하고, 괜히 부끄러운 느낌이었다. 결혼을 하고서도 몇 년 동안은 '사랑이 있을까? 있다면 뭘까?' '사랑한다는 말은 단지 기분 좋으라고 하는 말은 아닐까? 뭐가 진짜 사랑일까?' 이런 고민이 늘 따라다녔다. 결혼 전에도 늘 '사랑'이라는 것에 대한 고민이 있었다. '사랑'은 어려운 수학 문제나 앵커의 표정이나 어조로 짐작만 하면서 들었던 CNN 뉴스 같은 느낌 정도였다.

　내 직업은 소방관이다. 평생 한 번 겪을까 말까 하는 일을 매일 마

주하며 살아가고 있다. 그것도 12년 동안이나 말이다. 화재·구조· 구급 등 크고 작은 재난 현장, 119종합상황실, 행정업무…. 맡은 임무를 완수하기 위해 최선을 다해 노력했다. 조직 안에서도 그 노력을 인정받아 30대 초반에 무려 3번이나 승진했다.

승진에는 무거운 책임도 따랐다. 오전 7시 출근, 저녁 11시에 퇴근하는 격무 부서에서 성과를 내야 했다. 주말에도 예외가 없었다. 가족들의 희생은 당연했다. 그 순간에도 늘 사랑에 대한 고민은 나를 따라다녔다.

2022년 3월쯤으로 기억된다. 문득 삶을 되돌아보니, 결혼 전 방송인이었던 아내는 출산 후 잠깐의 산후조리 기간 외에는 쉬지 않고 바쁜 일정을 소화하는 슈퍼우먼으로 살고 있었다. 아이들까지 챙기느라 혼이 반쯤 나가 늘 지쳐있는 독박육아를 소화하고 있었고 아이들은 벌써 6살, 5살이 되어 있었다.

갑자기 후회가 밀려왔다. 아이들 2살 때…. 3살 때…. 4살 때…. 아무리 각색해도 아내와 아이들과 함께한 추억보다는 동료들과의 추억, 사무실에서 업무에 대한 고민으로 보내는 시간이 더 큰 공간을 차지하고 있었다. 아이들이 가장 예쁠 때 '이렇게 사는 것이 맞나?' 라는 생각이 몰려왔다.

바쁜 아빠를 마주할 때면 아이들은 늘 "아빠 일 끊어!, 아빠 집에

언제 와?, 아빠 가지 마!, 아빠는 왜 매일 혼자 놀아?"라는 이야기만
하는 지경이있다. 시간은 되돌릴 수 없지만 다행인 건 후회의 순간
과 함께 '사랑'이라는 단어에 대한 정리를 할 수 있었다는 것이다.

　　사랑은 바로 '지키고 싶은 것'이다.

　　지금 이 순간을 살며 사랑해야겠다.

우리 가족
사랑합시다!

김정현(42) ♥ 성실하고 꾸준히 매일을 살아가는 아빠

'매일 어떻게 하면 더 좋아질지 생각하고 행동해야 한다.'

단 1초도 허투루 쓰지 않으시는 부모님의 삶의 태도는 내 삶에 자연스럽게 많은 영향을 끼쳤다. 시골 마을에서 태어난 나는 농부와 장사꾼으로 자식들을 돌보기 위해 자신의 삶을 헌신적으로 희생하시며 쉬지 않고 일하시는 부모님을 보며 자랐다. 운 좋게 대학 졸업과 동시에 취직한 나 역시 직장 생활에 최선을 다했으며, 언제나 바쁘게 살았다.

내 인생 전환점은 결혼과 아이들의 탄생이었다. 여러 지역을 돌아다니며 일하는 직업 특성상 한곳에 정착하여 안정적인 삶을 살기 어려운 환경에 놓여있었다. 그러던 중 직장동료의 소개로 만난 지금의 아내와 결혼을 하였다. 아내도 대학 졸업 후 일에 매진하며 앞만 보고 달려온 터라 우리는 결혼 직후 둘이 아닌 혼자였다면 결코 선택하고 경험하지 못했을 결정을 했다.

회사를 그만두고 두 달여간 국내 자전거 여행을 한 일이었다. 한 가정의 가장이 된 직후 내렸던 그 당시의 선택은 지금도 뭐라 설명

하기 어려운 일이었지만 각자 부모님의 품에서 분리되어 한 개인으로, 부부로 우뚝 설 힘을 서로에게 줄 수 있었기에 용기를 낼 수 있었다고 생각한다.

자전거 여행을 하는 동안 이동 수단은 두 다리를 쉴 새 없이 굴러야만 하는 자전거뿐이고, 숙식은 텐트를 가지고 다니며 캠핑으로 해결했기에 오직 서로에게 의지하고 배려하며 앞으로 어떤 삶을 살아야 하는지 느끼고 경험한 소중한 시간이었다. 그때 나는 내 인생의 주인으로, 한 가정의 버팀목으로 살아가겠다는 다짐을 했다.

일상으로 돌아온 나는 아이들이 태어나고 아빠가 되었다는 기쁨도 잠시, 아이들을 돌보면서 단 한 번도 생각하지 못했던 벽을 마주한 느낌이었다. 현명하고 헌신적인 아내의 노력으로 어설프기만 했던 초보 아빠 티는 간신히 벗어나기는 했지만 '조금 더 지혜로운 선택을 했더라면! 조금 더 참고 이해했더라면!'이라는 아쉬움이 남는다.

더 나은 앞으로의 미래를 만들어 가기 위해 과거의 아쉬운 시간은 반성의 양분으로 남겨두고 오직 우리 가족만을 생각하고 집중하려고 한다. 또한 나는 어린 시절 부모님께서 바쁘셔서 함께 보낸 시간이 많지 않아 늘 아쉬웠기에 딸들과 많은 추억을 쌓을 수 있도록 노력하고 있다. 그 결과 우리 집은 예전보다 웃음이 넘쳐나고 대화가 많은 가정이 되었다. 우리 가족이 자주 외치는 건배 구호를 끝으로 이 글을 마무리한다.

"우리 가족 사랑합시다!!"

결혼
이야기

신혁주(만 39세) ♥ 지게차 기사

　결혼 전 연애하던 시절에는 애틋하고 아쉬움이 많이 남았다. 과연 그녀랑 잘할 수 있을지가 걱정되었다. 추억도 하나하나 소중히 간직하기 위해 사진을 많이 담아서 저장해놓고 추억을 떠올리곤 했다. 장기간 연애를 통해 서로 닮아간다는 사실을 알게 되고, 먹는 거 입는 거 행동하는 거 하나하나 공통점을 찾아가고 그 시간이 안 가면 좋겠다는 생각이 들곤 했지만, 결혼 약속 잡고는 부담감을 떨칠 수가 없었다.

　내가 더 늙어 가는 거 같아 결혼이란 현실을 잘 몰라서 결혼한 지인에게 물어보았다. 결혼은 현실이란 생각이 머릿속을 스쳐 지나갔다. 촬영을 하고 사진을 보니 나 진짜 결혼을 하는구나! 라는 생각이 들었다.

　어느덧 결혼생활 한 지 1년 남짓 되었다. 내가 내 아내를 책임져야 하고 더욱더 신중하게 생각하게 되었다. 내가 참 결혼을 잘했다는 생각이 들고 같은 믿음 아래 서로 존중하고 배려하고 살아야 하는 것을 더 깨닫게 되었다.

미혼인 친구들이 결혼에 대해 물으면 나는 이렇게 답한다.
"부럽냐? 너도 해라."

살아보면 안다고 어른들은 말씀하신다. 나보고 어른이라고. 결혼하지 않은 사람들은 아직 아기들이고 철이 없다고. 그 말도 맞는 말인 거 같다. 하나하나 더 신경 쓰게 되고 보고 듣는 이도 많기에 어른이 된다는 건 쉽지 않은 거 같다.

후회는 없다. 일하러 가서 힘들거나 지칠 때 아내의 사진을 보면 어디서 나오는지 몰라도 힘이 생긴다. 참 신기하다. 어디서 그런 힘이 나오는지….
아…. 정말 아내를 사랑하고 있구나!

남녀 사이에는 이별이 존재한다고 한다. 누가 먼저 제 세상을 가던 이별은 꼭 존재한다고. 영원한 건 없으니까. 100년 인생이라고는 하지만 그건 장담할 수 없고 건강에는 자신하지 말라고 어른들께서 말씀하신다. 그래도 사는 동안 아내와 희로애락을 즐기면서 살고 싶다.

사랑합니다.

가정을 지키는
인생살이 방식에 대하여

김영웅(36) ♥ 교육회사 부장이자 사랑스러운 두 아이의 아빠

"인생은 70%만 열심히 살자. 항상 30%는 여유를 두자."

김영하 작가의 말에 공감해왔다. 일에 100을 쏟으면 가정일이나 돌발 상황에 대처할 만한 에너지가 없을 것이라는. 더군다나 70%는 '평균 이상'을 의미한다. 최상위의 삶은 아니지만 평균 이상의 삶은 살고 있지 않은가? 현재 나는 그런 삶을 추구하고 있다.

내 인생을 한 마디로 표현하자면 '그런 척해왔던 삶', '그런 척하는 삶'. 그런데 이걸 부정적인 의미로 받아들이지 않길 바란다.

내 본성이 선하지 못하고 내가 살아온 평생을 바꿀 순 없으니 적재적소에 나와 다른 내 모습을 만들어내자는 뜻. 나에게 주어진 역할에 대한 바람직한 그 모습이 되기 위해 늘 노력하며 살아내자는 뜻이다.

누구나 성격대로 살 순 없다고 생각한다. 여러 가지 바람직한 모습으로 살아가는 것. 그것이 바로 나의 내면을 지키는 방법이라고 생각한다.

내가 나의 내면을 이렇게 지키려고 노력할 때, 우리 가정이 조금 더 평안할 수 있을 것이라고 생각한다. 비록 삶의 무게가 조금 느껴지지만, 이런 책임감이 있는 가장이 되고 싶다. 나와 우리 아내, 우리 가족의 미래는 지금처럼, 그리고 지금보다 훨씬 더 많이 행복할 것이다.

사랑하는 우리 아내, 우리 아들, 우리 딸에게 "내 남편이어서, 우리 아빠여서 감사하다."라는 말을 듣고 싶다. 먼 훗날까지도 감사한 존재로 기억되고 싶다.

그래서 오늘도 내일도 내가 추구하는 방식으로 잘 살아갈 것이다.

반짝이는 ✦ 아내

진심 어린
관심

이루미(43) ♥ 응답하라 3040주부 대표

   나른한 오후, 수북이 쌓인 설거지를 보고 "휴~" 한숨을 내쉬며 생각했다. '티 안 나는 이 집안일 즐겁게 할 수 없을까?' 그 질문으로 시작된 주부일상 인증은 티 안 나는 일상에 한 줄기 햇살이 되어 주부 작가가 되게 하였고 '주부도 경력이다'라는 신념도 갖게 하였다.

   남의 집안일을 보는 것도 흥미로웠지만 서로의 집안일을 보여주어야 하니 더 가꾸고 예쁘게 집안일들을 해나갔다. 집에서 입는 옷과 외출 시 옷이 다르듯 집안일도 인증 공유 시엔 외출과 같은 것이다. 누군가는 빨간 고무장갑으로 또 누군가는 검정 고무장갑으로 설거지를 했다. 즉석밥으로 간단한 아침을 먹는 사람, 압력밥솥에 밥을 지어 정성스레 식사를 준비하는 주부까지 우리네 모습은 생긴 모습만큼이나 다양했다. 무엇보다 티 안 나던 집안일을 누군가 봐주는 관심이 좋았다.

   다양한 성별, 나이, 성향, 모습들을 가진 사람들과 매일 살아가는 가족, 그들을 움직이게 하는 밥, 설거지, 빨래, 청소 등의 집안일 4종 세트는 14년을 열심히 해도 세상의 이력은 되지 않는다. 사회에서 그 정도 일했으면 한자리뿐인가, 돈도 명예도 얻었을 것이다. 그 14년 동안 사람도 세상에 내어놓고 건강하게 잘 키워냈으니 참 잘했다고 개근상을 준다거나 대상이나 최우수상을 주진 않기에 우린 서로의 관심을 매일 상으로 주었다.

지난 어버이날, 남편에게도 상을 받았다. 자신을 아빠가 되게 해주어서 고맙다는 마음이 담긴 카드상이었다. 어려운 때를 함께 지나오며 우린 많은 것들을 해냈지만, 그중에서도 서로에게 부모가 되게 해준 것이 무엇보다 고맙고 또 감사한 일이었다. 가장 힘겨울 때 첫째를 낳은 건 다른 어떤 것보다 우리를 하나 되게 했고, 엎혀사는 순간에도 미소 짓게 했다. 그건 어떤 것과도 비교할 수 없는 위로이자 희망이었다.

부모의 마음을 가슴으로 헤아릴 수 있게 된 것, 누군가가 잘 먹고 잘 자고 잘 놀고 잘 싸고 하는 일이 그토록 중요한 일이 될 수 있다는 것, 나의 자유와 감정을 기꺼이 참아내는 힘을 길러준 것, 내 희로애락의 끝을 맛보게 해준 것, 이 모든 것이 서로에게 준 가장 큰 선물이자 서로가 이루어낸 제일 훌륭한 일이 아닐까 싶다. 마음이 그토록 커질 수 있고 마음이 크토록 아프거나 환희에 찰 수 있다는 걸 부부로, 부모로 살며 배우게 되었다. 그런 일을 해내는 데 가장 가까이서 알아주는 남편, 사랑의 결실인 아이들, 그리고 같은 주부들의 공감이 큰 힘이 되었다.

진정으로 훌륭한 일, 그 뒤엔 진심 어린 관심이 있었다.

저도 엄마 책에
사인해 주세요

권세연(41) ♥ 『엄마인 당신에게 코치가 필요한 순간』 저자

　2019년 겨울. 친구들과 둘러앉아 송년회를 했다. 연말이라 이름을 송년회라 붙였을 뿐 아이들을 재우고 밤 11시 같은 아파트에 사는 친구 집 거실에 모여 맥주 한잔을 기울이는 시간이었다. 이날 모인 나와 친구 두 명은 2017년 봄 아이들이 같은 기관에 다니며 알게 된 아이 친구들의 엄마였는데 나이가 같다는 것을 알게 된 우리 셋은 급속도로 친해지게 되었다. 결혼하면서 지금 사는 곳에 이사를 온 나는 주위에 의지할 수 있는 사람이 없던 터라 그 친구들이 함께 있는 것만으로도 큰 힘이 되었다.

　아이들 없이 그녀들과 내 맥주잔이 부딪히는데 2년이 넘는 시간이 걸렸다. 항상 놀이터에서 각자 아이들을 따라다니면서 이야기를 나누느라 정신이 없었고, 아이들 저녁 먹일 시간에 맞춰 헤어지는 사이였지만 그래도 우리 셋은 맞벌이를 하며 도와주는 사람 없이 아이들을 키우고 있었기에 누구보다 서로가 처한 상황과 마음을 잘 공감해주었다. 무엇보다 내가 이 모임을 좋아했던 가장

큰 이유는 아이 친구의 엄마로 서로를 대하는 것이 아니라 각자의 이름을 불러주며 서로의 존재를 인정해주었기 때문이다.

그런 귀한 친구들과의 송년회 자리를 수다와 웃음으로 신나게 채워 나가던 중 한 친구가 내년에 어떤 것을 하고 싶은지 물었다. 나는 대학원에 가고 싶다고 말했고 친구는 동그래진 눈으로 나를 바라보며 다시 물었다.

"내년에 첫째가 초등학교에 입학하는데? 대학원을 간다고?"
"응, 대학원에 가서 이제 나도 내가 하고 싶은 공부 하고 싶어."
왜인지 모르겠지만 눈물이 펑펑 쏟아져나왔고 나는 꺼이꺼이 울며 대성통곡을 했다.
갑작스러운 대성통곡에 놀란 친구들은 내 등을 토닥이며 말했다.
"그래, 세연아! 하고 싶은 공부 해도 돼. 울지마. 울지마. 할 수 있어!"

아이들을 키우며 행복했지만, 내 꿈이 뭐였지? 라는 생각이 들 때마다 엄마로 사는 시간이 쉽지 않았다. 결국 2020년 3월 오직 나를 위한 대학원 공부를 시작했고, 2021년 8월 『엄마인 당신에게 코치가 필요한 순간』이라는 책을 출간했다. 책은 출간 즉시 대만, 홍콩, 마카오에 판권이 수출될 만큼 반응이 좋아 기뻤다. 그렇지만 무엇보다 행복한 순간은 아이들이 내 책을 수줍게 들고 와서 "저도 엄마 책에 사인해 주세요."라며 내밀던 순간이다.

저 책은 민소와 도원이의 엄마로 살지 않았다면 결코 쓸 수 없던 엄마로 실었기에 쓸 수 있던 책이다. '회사에 다니며 책을 쓰고 대학원 공부하느라 아이들에게 소홀한 건 아닌가?'라는 생각이 들 때마다 죄인이 된 것 같아 마음이 무거웠다. 그러나 사인 받은 책을 안고 "엄마가 쓴 책에 제 이야기가 나와서 정말 좋아요."라고 환하게 웃으며 내 품에 쏙 들어오는 아이를 보며 비로소 나도 환하게 웃을 수 있었다.

"민소야, 도원아. 너희는 나를 가장 많이 성장시키는 귀인이야. 고맙고, 사랑해!"

오늘을
기꺼이 살아내는 힘

이윤정(49) ♥ 단단한 일상과 친구가 되고 싶은 이

　혼자 있는 것을 좋아하고 오롯이 나에게만 집중할 수 있는 시간이
꼭 필요한 나에게 엄마와 아내, 주부로서의 생활은 매일이 쉽지 않
은 도전이었다. 차근차근 계획을 세우고 실천하는 것이 어렵지 않
았고 하루하루 성실하고 만족스럽게 살았던 나에게 결혼 후 가정생
활은 내가 꿈꾸던 것과는 전혀 다른 방향으로 흘러갔다. 육아와 가
사는 체력 소모가 심했고 예전엔 당연히 누리던 것들도 노력해야만
가까스로 누릴 수 있었다.

　반복되는 육아와 가사의 굴레에서 허우적대다 정신을 차려보면
소중한 '오늘'은 사라지고 없었다. 그런 일상이 시시하다고 생각했
기에 친구는 물론, 가족들과 나의 일상과 마음을 나누기도 쉽지 않
았다. 아니, 나누고 싶지 않았다.

　그런 날들은 오래도록 계속되었다. 그 마음의 중심엔 주부로 살
수밖에 없는 아쉬움이 있었다. 남편은 늘 바깥일에 전념하느라 함

께 하는 시간이 적었고 고만고만한 아이들은 엄마만 바라보고 있었나.

그렇고 그런 일상 안에서도 아이들은 저마다의 색을 지니고 어여쁘게 자랐다. 아이들이 순간순간을, 하루하루를 살아가는 모습을 보며 비로소 엄마와 아내, 주부로서의 일상을 진지하게 돌아보게 되었다. 본능을 거스르지 않으며 기꺼이 도전하고 생각대로 되지 않아도 다시 시작하는 아이들의 마음 곁에서 나도 함께 자랐다.

작은 일상 안에서 가족들과 순간의 행복을 나누고, 집이라는 아름다운 세계를 가꾸며 주부로서의 정체성이 단단해졌다. 감정의 기복 없이 무난하게 하루를 열고 맺을 수 있는 내면의 힘이 온전히 주부로 살아가면서 길러졌으며 주변을 바라보는 확장된 시선과 순수한 사랑이 아이들을 양육하며 길러졌다.

혼자였다면 몰랐을, 힘들지만 충분히 가치 있는 주부의 일상 안에서 살아갈 수 있음에 늘 감사한다.

가족해방일지

익어가는
시간

이소희(42) ♥ 글 쓰는 엄마 작가

어느 날이었다. 도서관에서 일어서는 찰나 구토를 동반한 강한 어지러움이 느껴졌다. 겨우 몸을 일으켜 근처 이비인후과로 가서 진료를 보게 되었다. 의사 선생님은 상태가 좋지 않으니 큰 병원으로 가라고 말씀 주셨고, 택시를 타고 종합병원으로 이동했다. 아직 어린이집에 있던 큰아이 하원을 남편에게 부탁하며 두려운 마음을 애써 눌러내었다.

사실 난 한참 전부터 몸이 좋지 않음을 느끼고 있었다. 잘 먹지 못하고, 잘 자지 못하는 나날들을 보내고 있었으니 당연한 일이었다. 당시의 난 32살, 더 이상 교원 임용 공부를 미룰 수 없다고 느끼던 시기였다. 친구들은 임용고시에 합격해서 이미 학교 현장에서 일하고 있었는데, 그 모습은 내게 극도의 불안함을 가져다주었다. 부끄럽게도 축하하는 마음보다는 스스로에 대한 자괴감이 불안한 마음으로 들어와 바닥으로 날 끌어 내렸다.

'힘든 게 당연한 거야!'

억지를 부리며, 괜찮지 않은 내 마음을 속여가면서 공부를 지속했다. 큰아이를 어린이집에 보내고 나면 곧바로 도서관으로 달려갔고, 아이가 하원을 하면 잠시 놀아주다, 남편이 퇴근하면 모든 것을 맡기고 늦은 시간까지 공부하던 날들이 이어졌다. 하지만 예민하던 난 그 스트레스를 이겨내지 못하고 스스로 병을 만들었다. 바로 메니에르병에 걸리고 말았던 것이다.

한 번도 큰소리를 낸 적이 없던 남편이 크게 화를 냈다. 내 인생에 제일 중요한 게 무엇인지 생각해 보고, 공부는 그만했으면 좋겠다는 말을 전했다. 그제야 정신이 번쩍 들었다. 미련하게 공부를 한다는 핑계로 내 몸조차 스스로 돌보지 못하는 내가 너무 한심해서 견딜 수가 없었다. 이후 편안한 몸과 마음을 가지려 애썼고, 작은아이를 임신하면서 자연스레 두 아이의 엄마가 되었다.

두 아이를 키우면서 엄마로서 최선을 다하며 살아왔다. 또한, 꿈만 같았던 학교 현장에도 차차 나갈 수 있었다. 더 이상 중고등 학교가 아닌 내가 필요로 하는 곳, 책 읽어주는 리딩맘 봉사활동, 초등학교에서 공부하기 힘든 친구들을 위한 활동까지 어디든 마다하지 않고 아이들을 만날 기회가 생기면 기쁜 마음으로 만나는 시간을 보내왔다.

그러면서 나는 깨달았다. 그동안 아이를 낳고 경단녀로 삶을 의미 없게 보낸 것이 아니라, 엄마로 선생님으로 익어가는 시간을 보냈다는 것을. 예민하고 불안한 내면을 내 아이들과 학교에서 만나는 아이들을 진정으로 품어줄 수 있는 성숙함으로 채워 충만하게 보냈다는 것을 말이다. 모든 것은 그 무엇과도 바꿀 수 없는 남편과 아이들이 있었기에 가능했다. 가장 나답게 살아갈 수 있도록 온전히 나를 믿고 지지해주는 가족들에게 감사의 마음을 전하고 싶다.

오늘도
사랑의 경력을 쌓는다

장유진(46) ♥ 마음만은 슈퍼우먼

그런 날이 있다. 정말 열심히 산 것 같은데 딱히 이루어 놓은 게 없는 것 같아 허무함에 눈물 나는 날, 나 자신이 한없이 초라하게 느껴져 바닥까지 가라앉는 날 말이다. 퇴사 후 일 년을 쉬면서 난 더 멋진 사람이 될 줄 알았다. 그러기 위해 과감히 일을 내려놓고 고군분투했지만 별로 달라진 게 없다. 다시 직장으로 돌아가야 한다. 구직하며 겪는 불편한 마음은, 날고 싶지만 아직 날개 한번 활짝 펴보지 못한 나를 다시 한껏 움츠러들게 했다. 잠시 방심한 사이 무력감이란 불청객마저 찾아왔다.

현숙한 아내, 좋은 엄마가 되고 싶었다. 요리에는 별 관심도 없었는데 늘 정갈한 밥상을 차려내고 싶었다. 별다른 준비 없이 주부가 되었지만, 자라면서 봐왔던 엄마의 모습을 흉내 내며 그런대로 잘 해내고 있는 줄 알았다. 주부의 일이 그 어떤 일보다 가치 있고 귀한 일이라 여기며 자부심도 느꼈다. 전업주부로만 살다가 직장을 다니게 되고, 워킹 맘으로 연차가 쌓여가자 이야기가 달라졌다. 살림은 엉망이고 아이들 돌보는 것도 버거웠다. 건강까지 나빠지니 뭐 하나 제대로 하는 게 없다는 생각에 우울했다.

"여보, 나는 왜 잘하는 게 없지?" 의기소침해져 있는 나에게 남편이 말했다. "모든 걸 다 잘할 수는 없으니 괜한 스트레스 받지 마. 당신은 애들 잘 키우고 글도 잘 쓰잖아." 남편은 내가 뭘 잘하는지 이야기해주고, 잘하는 것만 하면 된다며 다독여주었다. 남편의 진심이 담긴 말에 마음이 따뜻해지고 한결 가벼워졌다. '그래, 난 슈퍼우먼이 아니야. 잘하는 것만 하자.' 우리 삼 남매가 이렇게 잘 자라고 있는데 아무것도 이루어 놓은 게 없다니, 어리석은 생각이었다.

구직 서류 준비로 잠시 외출하였다가 젖은 솜처럼 잔뜩 무거워진 몸으로 돌아왔다. 둘째가 반갑게 맞아주며 종이를 가져와 내민다. 종이에는 큰 글씨로 '최고 어머니상'이라고 쓰여 있었다. 엄마한테 주고 싶어서 직접 만들었다며 활짝 웃어주었다.

"위 사람은 항상 삼 남매에게 사랑을 듬뿍 주시고 키우기 어렵다는 삼 남매를 아주 건강하고 예쁘고 멋지게 키워주셨습니다. 또 바르게 자라가도록 도와주셨고 가족을 엄청나게 사랑하시고 힘들 때도 가족을 위해 힘써주셨기에 모범이 되므로 이에 대한 사랑과 감사의 마음을 담아서 이 상장을 드립니다. 사랑합니다!"

눈물이 흘러내렸다. 허무함 때문이 아닌 감사와 감동의 눈물이다.

이력서에는 한 줄 경력으로 쓸 수 없고, 세상이 인정해주지 않지만 뭐 어떤가. 내게 가장 소중한 가족이 나의 애씀을 알아주고 다독여 주니 괜찮다. 외롭게 쌓아온 시간 같지만, 늘 가족과 함께였다. 딸이 손수 상장을 만들어 사랑을 표현해주니 그간 느꼈던 무력감이 눈 녹듯 사라졌다. 나에게 사랑의 경력을 선물해 준 가족에게 고맙다. 주부도, 엄마도 경력이다. 가장 값진 사랑의 경력!

연장

오제현(44) ♥ 다섯 번째 책을 낸 여자

　연장이 참 많았다. 망치, 펜치, 톱, 드릴 등. 아버지 곁에서 돕기도 하고 쓰는 방법들을 눈으로 익혀 직접 해보는 일도 적잖았다. 공구를 들면 세상에 못 만들 것 없는 맥가이버가 된 느낌이었다. 이것저것 뚝딱 만들어내는 아버지를 보며 유년 시절을 보냈다.

　결혼 후 집에 수리하거나 설치해야 할 것이 생기면 난 으레 남편에게 부탁했다. 그러나 남편은 본인은 재주가 없으니 돈을 주고 사람을 부르라 했다. 본인이 못하는 일에 경제적, 시간적 낭비를 하고 싶지 않다는 말이었지만 난, 마치 그 말이 '노력하고 싶지 않다.' 심지어 '이 가정이 소중하지 않다.'라는 말로 왜곡되어 들렸다. 뭔가 심혈을 기울여 뚱땅거리기라도 하는 모습을 보여주길 바랐던 것 같다. 합리적인 그의 선택이 왠지 못마땅했다. 지금 생각하면 나의 고집도 한몫했고 자라며 본 아버지의 모습을 기대한 것이 아니었나 싶다.

자연스럽게 나는 망치나 드릴을 들고 있었고 그의 무책임한 모습이라 여겨진 자리를 내가 메워나가기 시작했다. 가치관의 차이라는 것을 인정해야 했지만, 나이도 어리고 경험도 적은 신혼 초에는 인정이란 것이 참 어려웠다. 하면 할수록 나는 혼자서 잘하는 아이가 되어가는 것 같았다. 주변에서 일부러라도 못하는 척을 해야 한다고 했지만, 그럴 때마다 사람을 부르라고 하였기에 돈이 아까웠던 것도 같다. 여자들은 작은 것에 목숨 걸고 큰 것은 척척 사 나른다는 핀잔에도 눈에 보이는 적은 돈에 연연하지 않을 수 없었다. '내가 하고 말지.'라는 생각에 하다 보니 남편과 이혼 후에도 혼자 잘하는 엄마가 되어 있었다. 도어락을 달거나 현관의 방충망을 다는 일은 일도 아니었다.

'여자는 약하지만, 어머니는 강하다.'라는 말이 있지만, 어머니라서 강한 것보다 개개인이 처한 상황과 마음가짐이 강약을 만드는 것이 아닐까 싶다. 남편이 주는 돈으로 살림했을 때는 나약하기 그지없었다. 지금은 닥치는 대로 하고 보자는 심산이다. 부작용은 이것저것 가리며, 못하겠다고 말하는 사람들을 보면 '지지리 고생을 해봐야 정신을 차리겠군.' 하고 고약한 심보를 가지게 됐다는 것이다. 상황에서 오는 열등감일 수도 있고 부러움일 수도 있겠다.

이별을 염두에 두고 남편이 연장을 사다 준 것은 아니지만 결혼기념일에 드릴을 선물 받았다. 그만큼 남편은 내가 본인보다 그런 일에 재능이 있다는 것을 인정한 것 같다. 아이도 혼자 양육하고 집안일도 혼자 다 하다 어느 날 정신 차려보니 일거리만 더해준 남편만 사라져 있었다. 쾌재를 불렀다. 그간 훈련 아닌 훈련이 돼 있어서인지 혼자 하는 것이 그다지 어렵지 않았다.

아버지가 쓰시던 그 연장들처럼 나는 단단해졌다. 때론 깊이 박힌 못을 빼기도 하고 굳건히 다지기도 하며 자주 쓰이진 않아도 쓸만할 때 쓰이는 그런 연장들처럼.

먹고 사는 게
일이다

이한나(37) ♥ 세상을 모험하기 좋아하는 젊은 엄마

"먹고 사는 게 일이네, 일이야."

어렸을 때, 그리고 성인이 되어서도 결혼 전에는 어른들이 입버릇
처럼 말씀하시던 이 말이 이해가 안 되었다. 오히려 '아니, 매일 반
복되는 일상인데 이게 왜 일이라는 거지?' 하는 생각이 더 크게 들
었다. 그랬다. 결혼하기 전 나는 배가 아무리 고파도 엄마가 만들어
놓으신 반찬과 찌개가 있어도 차려 먹는 게 귀찮아 굶는 게 낫다고
생각했던, 정말로 먹는 일에 관심이 없었던 사람이었다.

스물여섯, 자취 한 번 안 해 본 내가 결혼했다. 결혼하고 두 달 만
에 처음으로 부모님을 비롯한 가까운 친척 어른들을 모시고 집들이
를 했다. 집들이에서 가장 중요한 음식은 며칠 전부터 각각의 레시
피를 찾아보며 열과 성의를 다해서 만들었다. 처음 만들어 보는 음
식이 대부분이었기에 맛이 별로인 음식들이 많았지만, 그중에서도
상에 내기에 많이 부끄러웠던 음식이 있었다. 아직도 잊을 수 없는

'잡채'다.

흔히 말하는 '요린이'거나 잡채를 처음 만드는 사람이라면 해 보았을 법한 실수를 빠짐없이 했다. 첫째는 당면이 불 것을 생각하지 못하고 양 조절에 실패했던 것이고, 둘째는 당면을 찬물에 불리지 않고 바로 팬에 물을 붓고 삶은 후 볶은 것이었다. 마지막으로 고소하면서도 짭짤해야 할 간마저도 실패했다. 워낙에 요리를 안 해 보기도 했고, 태어나서 대량의 요리는 처음이었는데 당면이 그렇게나 많이 불어날 줄이야. 정말 참담했다.

만들어진 잡채의 양이 워낙 많아져 어른들이 집으로 돌아가시고 난 후에 같이 사는 남자와 둘이 다 먹을 자신도 없을 정도였기에 일단 뻔뻔하게 상에 잡채를 냈다. 친정 부모님은 잡채도 만들었냐며 놀라서 기대에 찬 한 젓가락을 집어 드셨고, 그렇게 다들 딱 한 젓가락씩만 드셨다. 민망하기도 했지만, 처음인데 그럴 수도 있지 않냐며 솔직히 말씀드리니 다들 한바탕 웃으셨던 게 기억난다.

그렇게 나는 요리가 무서웠고, 10년이 넘어도 나아지지 않는 딜레마 같은 요리 실력 때문에 살림보다는 밖에 나가 일하는 게 더 마음이 편한 주부가 되었다. 방학이 되어 아이들과 종일 함께 집에 있다 보면 '오늘은 무얼 먹이지?' 하는 고민을 가장 많이 하게 된다. 그럴 때면 어른들이 말씀하셨던 "먹고 사는 게 일이네 일이야." 이 말씀이 정말 몸소 깨달아진다. 남편은 남편대로 아내는 아내대로 먹고 사는 게 일이라는 걸 깨달은 우리가 비로소 어른이 되었구나 싶다.

다람쥐 쳇바퀴
내 인생

이고은(38) ♥ 꿈을 쓰는 엄마 작가

"요즘 뭐 하고 지내?"

오랜만에 친구한테 연락이 왔다. 어려운 질문도 아닌 데 쉽사리 답하지 못하고 휴대폰 액정만 쳐다보고 있다. 요즘 나는 뭐 하고 지내는 걸까?

아침에 일어나 출근 준비를 마치고 이어서 아이들 등원 준비를 한다. 출근길에 아이를 어린이집에 내려주고 사무실로 향한다. 퇴근하면서 아이를 하원한다. 하원 후의 일상은 "엄마"로 시작해서 "엄마"로 끝난다.

"엄마, 뭐 먹고 싶어요.", "엄마, 그림 그려 주세요.", "엄마, 배고파요.", "엄마, 물 주세요.", "엄마, 이거하고 놀아요." 아이들의 요구사항을 들어주고 싶지만, 저녁도 먹어야 하고 씻기도 해야 한다. 남편이 도와주지만, 시간은 절대적으로 부족하다. 집에 온 지 채 얼마 되지도 않았는데, 어느새 나는 녹초가 되어 있다. 황금 같은 저녁 시간은 바람처럼 손에 잡아보기도 전에 사라진다.

나는 오늘 무엇을 하고 지냈다고 할 수 있을까? 친구의 물음에 나의 하루를 돌아보니 무엇을 하며 지낸다고 말할 수 있는 게 없다. 오랜 고민 끝에 엄지손가락으로 자판을 두드리기 시작한다. '그냥 지내지 뭐. 너는?' 전송 버튼을 누르기 전에 잠시 망설인다. 뒤에 붙은 '너는?'을 지우고 답장을 보낸다. '그냥 지내지 뭐.' 나를 제외한 모두가 행복해 보여 괜한 자존심을 부려본다. 그럴수록 내 자존심은 떨어지지만.

출근(등원) → 일 → 퇴근(하원) → 저녁 식사/집안일 → 취침

어제도 오늘도 내일도 완벽한 루틴으로 생활하고 있다. 성공하려면 자신만의 루틴을 가지라 하지 않았는가. 나는 다람쥐 쳇바퀴처럼 일정한 루틴으로 살고 있는데, 성공은커녕 그 자리에 머물러있다. 아니 어쩌면 점점 내려가고 있는지도 모른다. 느는 건 나이와 주름살, 스트레스, 주부습진 또 뭐가 있을까? 여기 서 있는 나는 누구이며 거울 속 저 여인은 누구란 말인가?

인제 그만 쳇바퀴에서 내려와야겠다는 생각이 들었다.
나로 살기 위해.

모두
가족 덕분이야

조유나(45) ♥ 개척여신 조유나

　밤 9시 퇴근 후 집에 오니 TV가 그대로 돌아가고 있다. 방송에는 내가 좋아하는 <나 혼자 산다>가 틀어져 있다. 거실에서 TV 보다가 쌔근쌔근 잠든 곰탱이와 둘째 딸 코 고는 소리가 들린다. 9살 큰딸은 오늘 침대에서 잠들어 뒹굴다 떨어지지 않았는지 안아주고 살짝 옆에 누웠다. 피곤한 몸을 이끌며 들어가서 씻고 나오고 싶지만, 집 안 따뜻한 온기에 취해 꼼짝하기 싫다. TV 방송 보는 것을 좋아하고 특히 드라마를 좋아하는데 요즘은 뉴스 볼 시간도 없다. 드라마를 보면 처음부터 못 본 아쉬움에 아예 틀어버린다. 나는 그냥 책 보고 강의 듣다가 자는데 요즘은 체력이 달려서 불 켜놓고 기절하고 잔 적도 많다.

　주말에 일하러 나가야 한다고 하니 애들이 묻는다.
　"엄마 언제 와?"
　남편이 답한다.
　"엄마가 쉬는 날이 어딨어? 엄마는 일하는 거 좋아하잖아!"

일을 좋아하는 사람이 어디 있는가? 어차피 해야 하니 즐기면서 하려고 노력할 뿐이다. 결혼 후 애 하나만 낳으려다가 둘을 낳으면 친구가 되고 자기들끼리 잘 어울려서 논다고 해서 둘째도 갖게 된 거 같다. 지금 딸 둘이 너무 예쁘고 잘 커 줘서 고맙다. 곰탱이가 나보다 더 애들을 잘 돌보는 거에 만족하고 고맙다. 거기에 엄마까지 와주셔서 애들을 돌봐주시고 집안 살림도 도와주시니 너무 행복하다.

아빠가 암 진단 받고 수술 후, 아빠 손잡고 결혼식을 해야 하지 않겠냐는 이모님 말씀이 계속 마음에 걸려서 착한 남편 만나서 결혼했다. 그냥 혼자 평생 살 줄 알았는데 어느덧 10년 차 결혼생활을 하고 있다. 결혼식장에 가면 아직도 아빠 생각에 눈물이 줄줄 멈추지 않는다. 결혼 후 집도 없고 제대로 된 직장도 없는데 임신해서 어떻게 살아가야 하나 생각하니 답답했다. 엄마가 와서 몸조리를 도와주시고 애도 돌봐주시는데 투룸에 살 수는 없어서 집을 사려고 생각하니 열심히 뭐라도 해야 했다. 남편은 내가 일을 좋아하는 줄 아는데 사실은 누구보다 놀기 좋아한다.

중국에서 와서 믿을 곳 하나 없이 혼자 버티고 버텼다. 자본주의 나라에서 살려면 누구보다 더 열심히 해야겠다 생각했다. 그러면서 생각을 바꾸려고 노력을 많이 했다. 우리는 믿을 곳이 우리 자신밖에 없으니 잘 되려면 더 분발해야 한다. 생각하는 대로 다 되고 있다. 일에 대한 성취감도 올라가고 있다. 개척으로 영업하는 삶을 살며 영업으로 억대 연봉 달성하고 개척 영업에 목마른 영업인 상대로 강의도 하고 책도 쓴다. 지금 잘하고 있고 잘 되는 것도 모두 가족이 있기 때문이다. 다행히 행운 여신은 나의 편이었다. 지금 같이 못 놀아주는 것은 안타깝지만 우리 예쁜 은성이, 귀요미 지유, 그리고 남편이 알아줬으면 한다. 지금 함께해야 하는 것을 너무 미루면 안 되는 걸 알기에 조금 더 시간 내서 예쁜 딸들 더 크기 전에 함께 있는 시간을 늘려야겠다.

우리 가족 항상 고맙고 사랑하고 덕분에 든든합니다. ♥

지금은
남편과 연애 중

김순희(47) ♥ 있는 그대로 나를 사랑하고 있는 나

　2023년 시어머니와 14년을 함께 살며 결혼생활을 유지하고 있다. 시어머니와 줄곧 한집에 살면서 크고 작은 일들이 수없이 반복되었고 결국 2년 전에는 가족 붕괴 직전까지 가게 되었다. 가해자 없는 피해자들만 존재했다. 가족이라는 울타리는 있지만 따뜻함과 편안함은 없었다. 지금은 위기를 극복하기 위해 서로 노력하고 있다. 특히 우리 부부는 한 문장 이상 말하면 항상 싸움으로 끝이 나서 길게 말한 적이 없다. 신년 계획으로 남편과 싸우지 않고 10문장 말하기를 계획했다.

　우연히 드라마 <로맨스가 필요해 2>를 보게 되면서 남편과의 관계 개선을 위한 힌트를 얻게 되었다. 마지막 장면의 남자 주인공 독백이 내 마음에 깊은 울림으로 남았다.
　"로맨스는 사랑한다는 말로 시작된다. 말하지 않아도 마음으로 아는 사이가 되어도 말할 것이다. 오히려 소리 내어 자주 말해야겠다고 생각했다. 사랑한다는 말을 표현하는데 충분함이란 없다. 눈이 마주칠 때마다 사랑한다고 말할 것이다."

남편과 나는 연애 포함 15년을 함께했는데 사랑한다는 말을 들어본 적도 없고 해본 적도 없었다. 더 이상 삭막하게 살아가는 게 싫어져 관계 개선을 위해 로맨스를 시작해야겠다는 결심을 했다. 그러면 10문장 이상 남편과 말해도 싸우지 않을 것이고 남은 50년은 좋은 추억으로 서로에게 새겨지리라 생각했다. 나는 결심하면 바로 행동으로 움직이는 행동파이다. 다음 날 아침, 남편에게 나의 계획을 말했다.

"올해는 나와 연애를 하자. 아주 작은 것부터 연애하는 사람들처럼 '사랑한다'라고 말해주기, 아침에 일어나서 안아주기, 손잡아주기, 노래방 가기(남편과 만나서 한 번도 가본 적이 없다.) 등 앞으로 연애하는 사람들이 하는 건 모두 해보자. 여보! 사랑해."

남편이 '이 여자가 갑자기 왜 이러나?' 하는 눈으로 나를 째려봤다. 그렇게 말하고 난 후부터 나는 매일 아침 눈을 떴을 때, 문자 보낼 때, 잠자고 있을 때 남편에게 "사랑해"라고 말하고 있다. 한번 말을 떼보니 처음만 쑥스럽지, 자꾸 내뱉어 보니 말할 때 자연스럽게 미소가 지어진다. 매일 남편과 같이 출근하는 요즘, 차 안에서 이렇게 말한다.

"손잡아 주세요. '사랑해'라고 말해주세요." 그러면 여전히 눈을 흘기면서 마지못해 손만 잡아 준다. 손잡아 주는 남편에게 "여보! '사랑해.'라고 말하는 것은 영어와 같아. 머리와 귀로만 들으면 절대 영어로 말 못 해. 말로 내뱉어야 외국인을 만나면 말할 수 있어. 그러니까 사랑한다는 말도 자꾸 표현해 봐야 하는 거야. 지금은 기다려 줄게. 대신 나의 기분 좋은 에너지를 전달해 줄 테니 내 손은 꼭 잡아 줘. 정신적 교류를 통해 우리는 더욱더 사랑하게 될 테니."라고 말하면 남편은 쑥스러움인지, 어색함인지, 아니면 진짜 싫어서 그런지 나를 꼭 째려본다.

2023년 12월 31일, 나와 남편과의 관계가 어떻게 개선되어 있을지 사랑한다는 표현은 하게 될지 궁금하기 때문에 남편과의 연애를 멈추지 않을 것이다.

앞으로
한 발 더

김복자(49) ♥ 책방지기를 위해 한 발 앞으로

어느덧 40대 후반이 되었다. '언제 이렇게 나이가 들었지?'

오래전 '결혼해서 누군가의 며느리, 아내, 엄마가 될 수 있을까?'라는 생각을 하곤 했다. 친구들의 이른 결혼을 보면서 그런 생각을 많이 한 것 같다. 결혼이 늦어질수록 '어쩜 혼자 살게 되지는 않을까'라는 생각을 할 무렵, 지금의 든든한 동반자인 남편을 만났다. 남편과 우리는 성격이나 생활방식이 정반대여서 부딪힘이 있었지만 하나하나 맞춰가는 중이다.

남편과 함께 무한 반복의 연속인 편의점 일을 시작하였다. 그러는 사이 우리에게 느지막이 찾아와준 보물 같은 아이들이 생기면서 더 바쁜 나날이 되었다. 남편이 장남이다 보니 시어머니와 함께 살고 있다. 정확하게 말하면 시어머니에게 도움을 받으며 살고 있다. 간혹 지인들이 묻는다. "시어머님 모시고 살면 힘들지 않아?" 그럼 나는 "시어머님이 더 힘드실 거야."라고 대답한다. 왜냐하면, 편의점을 하면서 잘하지 못하는 살림을 시어머님에게 맡기는 일이 많으니까.

이제는 편의점 운영도 하고 시어머니가 하시던 살림도 어느새 나의 차지가 되어가고 있다. 잘 못 하는 장 담그기, 김장 담그기, 장아찌 담그기 등을 하고 있다. 물론 옆에서 많이 도와주는 남편이 있기에 하나씩 해나가고 있다.

지난해 무더운 여름 아이들과 나를 위해 그림책 수업을 들을 기회가 있었다. 아이들만 보는 그림책인 줄 알았는데 많은 것을 배울 수 있는 시간이었다. 그림책을 더 깊이 배워보고 싶어 찾아보고 있을 때 친구의 소개로 그림책 오색 발전소를 알게 되고 그곳에서 그림책으로 하는 다양한 프로그램을 참여하면서 그림책을 소장하게 되어 이 책들로 나만의 작은 책방을 내야겠다는 꿈이 생겼다. 그래서 얼마 전 남편에게 늦었지만 하고 싶은 일이 있다고 말했다. "여보, 나…. 나만의 작은 책방을 내고 싶어요. 여기 편의점 안에 샵인샵으로 내어줄 수 있을까?" 남편은 "며느리, 아내, 아이들 엄마로 열심히 달려왔으니 이제 한번 준비해서 해봐." 하며 나의 새로운 시작을 응원해 주었다.

나의 작은 책방은 내가 쓴 책과 함께 그림책으로 꽉 채워서 언제나 책방을 찾아오는 사람들에게 그림책으로 힐링이 되는 공간이 되고 싶다. 이제는 아내이면서 책방지기로 살아가는 나를 준비하며 기다린다.

여우이고 싶은
미련 곰탱이

이반희(48) ♥ 나를 더 사랑하자

　우리 부부는 둘 다 무뚝뚝한 경상도 사람이다. 거칠게 욕은 안 하지만, 둘 다 사근사근한 맛이 없다. 자존심을 조금만 죽이고 여우처럼 굴고 싶은데, 그게 잘 안된다. 무뚝뚝한 경상도 사람이라고 해서 감정이 없는 건 아니다. 사랑받고 싶고, 챙겨줬으면 좋겠다는 생각은 늘 가지고 있지만, 입 밖으로 나오지 않는다. 그동안 곰으로 사는 것도 크게 불편하지는 않았다. 내가 여우가 되고 싶었던, 아니 주위에서 여우처럼 굴라고 했던 결정적인 계기가 있었다.

　2022년 2월, 유방암 진단을 받았다. 병원에서 초음파를 보는데 의사는 별말이 없다. "휴~ 휴~" 그냥 무거운 한숨만 계속 내쉴 뿐이었다. '앗! 암인가 보네.' 주위를 감싸는 분위기만으로도 느낄 수 있었다. 잠시 정신이 몽롱했지만, 다른 사람처럼 하늘이 노랗거나 눈물이 흐르지는 않았다. 빨리 조직검사 가능한 병원을 알아봐야겠다는 생각만 들었다. 신랑에게 전화했다. "의사가 큰 병원 가라고 하네. 조직검사부터 받아야 메이저급 병원에서 받아줄 거라고 하는데…"

난 택시라도 타고 병원으로 오길 내심 기대했지만, 신랑은 올 내색을 하지 않았다. 그래서 근처에 조직검사 가능한 병원 예약을 마친 후 차를 몰고 집으로 돌아왔다.

나는 암 가족력이 있다. 엄마는 갑상선암, 아빠는 간암이셨다. 그래서 언젠가 암에 걸리지 않을까 늘 생각은 했다. 경험으로 터득한 나의 병원 선택 기준은 '나 혼자서 병원에 다닐 수 있는 곳인가?'이다. 유방암 치료는 표준화가 되어 있다고 한다. 다행히 메이저급은 아니지만, 명의가 계신 가까운 병원을 발견했다. 인근에 우리 세 식구 외에는 없으니, 초등학생 아들을 돌볼 수 있는 건 신랑뿐이다. 신랑이 엄마 역할을 도맡아 해야 한다. 이렇게 생각하고 치료를 시작했는데도 신랑에게는 섭섭함이 많다.

수술 날짜가 잡히고, 이미 주위 엄마들에게 하룻밤 아들을 맡아주기로 무언의 허락을 받은 상태인데, 신랑은 아들을 어떻게 맡기느냐고 했다. 아이가 어린것도 아니고 초등학교 5학년 남자아이다. 손이 많이 가긴 하지만, 1학년 때 친구들과 파자마 파티를 보내기도 한 것을 생각하면 지금도 이해할 수 없다. 이때 내가 여우처럼 굴지 않은 게 제일 후회스럽다. 그래도 보호자로서 수술실 앞에서 있다가 수술 들어가고 나오는 건 지켜봤다.

내가 치료받은 병원은 안심될 때까지 퇴원시켜주지 않았다. 아플 때 병원에 입원해 있고, 괜찮아지면 나오니 신랑은 내가 너무 멀쩡

해 보였을 것이다. 미열에 백혈구 수치가 바닥으로 떨어져서 중간에 항생제를 맞고서 격리실에 입원하더라도 아픈 내색을 하지 않았다. 같이 입원한 언니들, 친구들, 동생들, 심지어 엄마도 아픈 척을 하라고, 여우처럼 굴라고 이야기하는데 쉽지 않다. 다행히 이제 표준치료가 끝나고, 장기간의 호르몬 치료와 정기검진만 앞두고 있다.

그냥 곰처럼 섭섭함조차 안 느끼면 좋으련만. 내가 여우였다면 지금의 섭섭함은 덜 했을까? 앞으로 100세 시대, 살아온 날보다 살아갈 날이 많은데 여우가 되려고 노력해볼까?

지금의 행복과
즐거움

엄일현(45) ♥ 더 나은 나다움 삶 연구소 대표

　내 일을 찾기 위해 많은 세월을 둘러 왔다. 누군가의 엄마, 며느리가 되었고 나를 온전히 찾기 위해 나를 돌아보게 되었다. 매일 성장하고 노력하는 행복을 느끼고 있다. 덕분에 인생은 내가 원하는 대로 흘러가고 있다. 하는 일이 점점 좋아지고 제2막을 즐겁게 보내며 날마다 좋은 소식들이 들어오기도 한다. 조금씩 꾸준히 실천하는 것 자체가 성공임을 알고 있다. 그것을 알기에 더 노력해야겠다.

　하는 일이 점점 늘어 가고 재미있게 달려가고 있다. 가족관계도 더 단단해졌다. 누구나 나로 살아가는데 힘들지만 나를 찾기 전까지 매우 힘들었고 울기도 많이 했다. 지금은 많이 좋아지고 밝아졌다. 온전히 즐겁게 보내고 행복을 이루니 너무나 기쁘다.

　힘들면 힘들다는 말도 하고 아프면 아프다는 말도 하기로 한다. 이제 일상으로 가는 길이 보인다. 생각도 많이 하지 않는다. 흘러가는 대로 생활해 보고 싶다. 꿈꾸는 나를 찾았기에 날마다 밝아지는 나로 살아가고 있다.

　지금의 행복과 즐거움을 보여주고 소중함을 느끼게 상상하면서 더 나은 삶을 이루기 바란다. 나에겐 가고 싶은 길이 있고 그 길로 가고 싶다. 꿈을 현실로 만들면 현실이 된다. 현실로 가는 길에 꿈꾸기는 계속될 것이다. 힐링하며 재미있게 살아가고 싶다. 이제야 나도 생생하게 꿈꾸고 글로 적으면 현실이 된다는 믿음이 생겼다.

　성공보다 성장을 중요하게 생각하고 있다. 나의 삶은 꿈으로 가득 찼고 그로 인해 하루하루 설렘으로 벅차다. 기적으로 만들고 싶다면 먼저 꿈을 상상하라. 지금은 감히 꿈꾸기조차 두려운 삶이라도 하루를 선물로 받았다고 믿고, 온 마음을 다해 간절하게 꿈꾸면 언젠가 그 삶을 살 기회가 기적처럼 주어질 것이다.

　꿈꾸는 자가 되자. 무엇보다 자기 자신으로부터 성장하고 싶다면 당장 실행하라. 이 시기를 되돌아보면 나 자신을 자랑스러워할 것이다. 이 순간을 즐겁게 보내 수 있는, 매일 성장하고 발전하는 나의 미래가 보인다. 나의 인생을 한 번쯤 생각할 시간을 가져보고 있다. 하나하나 좋아하는 일들이 있으면 더 좋다. 앞으로 더 노력하는 모습이 기대된다.

16살의
어린 주부였던 나

전현숙(55) ♥ 마음놀이터 심리상담실 대표

　어제 그 뜨겁던 한낮의 열기가 살짝 식은 오후 4시쯤 주민센터에 가기 위해 버스에 탔는데 내 뒤에 초등학교 고학년으로 보이는 남자아이 한 명이 탔다. "저, 아저씨 제가 차비가 없어서 그러는데 한 번만 태워주시면 안 돼요?" 순간 난처한 듯이 머뭇거리는 기사 아저씨의 눈빛을 내가 보는 것과 동시에 나의 몸은 그쪽으로 가고 있었고 지갑을 열고 있었다. 아이의 차비를 계산하고 자리에 와서 앉으려는데 중학교 교복을 입은 남학생이 뛰어와 버스에 올라서 교통카드를 찍었다. "잔액이 부족합니다."라는 예쁜 아가씨의 기계음. 당황한 듯 아저씨를 쳐다봤고 나는 또 무의식적으로 앞으로 나가며 지갑을 열었다. "너도 내가 차비 내줄게."

　1~2분 정도의 이 우연을 겪고 나서 차는 출발하였고 내 뒷자리에 앉은 중학생 아이는 연신 고맙다고 인사를 하였다. 내가 내려야 할 주민센터는 버스로 10분 정도 걸리는 거리였고 두 아이는 나보다 더 먼 거리를 가는 모양이었다. 그 사실이 고마웠다, 이렇게 더운 날

두 아이가 걸어가지 않아도 된다는 사실이. 그런데 무엇이 나를 무의식적으로 움직이게 했을까? 주민센터에서 볼일을 보는 동안에도, 집으로 돌아오면서 슈퍼에 들러 저녁 찬거리를 사는 동안에도, 다시 버스를 타고 집으로 오는 동안에도 계속 그것이 떠올랐다. 그리고 알게 되었다.

전체 5위에 드는 성적을 가지고 중학교에 입학했지만, 나는 아침마다 차비를 걱정하여야 하는 처지였다. 부모님의 이혼이 가져온 결과였다. 내가 진학한 중학교는 걸어서는 3시간도 넘게 걸리는 아주 먼 곳에 있었다. 엄마는 계시지 않고 아버지는 자신의 처지를 위로하기에도 벅차 보여서 우리 5남매는 자기 일을 알아서 처리해야만 했다. 16살에 어린 엄마, 그러니깐 주부가 된 것이다.

동생들을 어찌어찌 보내고 나면 나는 학교 갈 차비가 없어서 걸어가야 할 때가 많았다. 등교 때는 괜찮지만 하교 때는 친구들과 어울려 버스를 타고 집으로 빨리 돌아가고 싶은데 나는 또다시 그 길을 걸어서 가야 했다. 시골의 저녁은 빨리 오고 집에 도착할 때쯤에는 아무 생각도 들지 않는다. 그냥 당연한 듯이. 힘들지 않은 듯이. 담임선생님께 말씀드려 도움받을 수도 있었을 텐데 나는 그런 해결 방법을 알지 못했다. 오히려 차비가 없는 것이 마치 내 잘못처럼 느껴져서 선생님과 친구들이 모르기를 바랐었다.

그랬나 보다. 나는 그 아이들을 도와준 것이 아니라 그때의 나를 돌봐주고 싶었나 보다. 차비가 없어서 그 멀리 있는 길을 걸어가는 그때의 내가 떠올라서. 이제는 그렇게 힘들게 걷지 말라고. 16살의 어린 주부였던 내 삶의 한 자락이 나를 성장시키고 타인을 배려하는 예쁜 디딤돌이 되었다. 네 아이의 엄마이자 한 남자의 아내인 내가 지금이 가장 행복하다고 말할 수 있는 가장 큰 이유이기도 하다.

살아내느라 참 애썼다. 어린 주부였던 16살의 나!

아직

박은서(50) ♥ 작가를 꿈꾸며

　그 당시 결혼 적령기가 지난 나는 친구들이 연애하고 싸웠다며 투덜거리는 것마저도 그냥 부럽다는 생각이 들었다. 그래서 나도 막연히 누군가와 연애도 해보고 싶고 결혼도 하고 싶은 마음이 생겼다.

　그러던 중 우연히 남자친구가 생겼고 그와 결혼하면 안정된 삶을 살 수 있을 것 같은 막연한 기대에 결혼했다. 결혼 전에는 미처 알지 못했던 서로의 성격에 부딪히게 되었고, 누구나 다 그렇게 사는 거로 생각하며 살아가다가도 문득문득 이해되지 않는 일들이 생겼다.

　결혼기념일에 남편은 여전히 내가 좋아하지도 않는 장미꽃다발을 한 아름 사 온다. "짜잔~" 문을 열고 꽃을 본 나는 고마워하며 기뻐해 줘야 한다는 걸 안다. 하지만, 하…. 장미꽃. 연애 때도 "나는 장미꽃 별로야, 소국이나 해바라기 한 송이 정도면 좋겠다."라고 직접 꽃가게에 가서 보여주기까지 했는데 이 사람은 여전히 장미꽃다발이다.

이번에는 나도 받아주고 싶은 생각이 없다. "나 장미꽃다발 싫어한다고 몇 번이나 얘기했어." 하고 돌아섰다. 남편도 어느 때보다 퉁명스럽게 몇 마디 남기고는 방으로 들어가 버렸다. 기뻐할 나를 상상하며 전했을 그의 마음도 황당하고 기분이 상했을 것이다.

이렇게 조율이 안 되는 상황을 겪으며 여전히 함께 살아가고, 살아가고, 살아가고 있다.

사랑받는 여자
그 이름도 아름다운 아내

이은미(52) ♥ 그림책오색발전소 대표

　엄마의 부재로 따뜻한 가족이라는 단어가 어색했던 내게 가족이라는 울타리가 생기고 내 이름처럼 값진 엄마와 아내라는 이름이 생겼다. 어른이 처음이고 엄마가 처음이고 아내는 더더욱 처음인 내게 현모양처라는 꿈을 꾸게 해주었다. 맛난 반찬과 신랑이 좋아하는 음식, 가끔은 맛깔나는 김밥으로 도시락을 싸서 회사를 찾아다녔던 신혼 시절 조금씩 꿈을 이루어가고 있었다.

　크고 작은 사건들로 티격태격해도 아내 말은 잘 듣는 신랑이었다. 지금처럼. 아이들이 태어나면서 모든 현실은 삶을 뒤집어 놓았고 아픈 아이를 키우며 집안은 바닥으로 바닥으로 곤두박질쳤다. 그때 알았다. 기둥을 세우고 든든하게 받쳐줘야 하는 게 아내라는 것을. 항상 내 편이고 뭐든 잘한다고 칭찬해 주고 아내를 위한 이벤트로 힘듦을 달래주었던 한 남자가 어느 날 묻는다. "다시 태어나도 나랑 결혼할 거야? 난, 할 거야." 너무 힘든 그때는 아니라고 대답하는 철없는 아내였다.

그리고 문득 라디오에서 나온 질문을 바로 물었다. "꽃과 나 중 누가 더 예뻐?" "세상에 은미는 하나야. 은미가 꽃이지." 생각 깊은 남편이다. 사소한 말 한마디 생각 하나도 아내를 배려하는 남편에 비해 늘 받기만 했던 아내가 조금씩 생각이 깊어간다. 가족의 꿈을 응원하고 삶을 지지해주고 같은 공간 다른 생각을 인정하며 각자의 꿈을 위해 주어진 시간에 노력과 정성을 들인다.

엄마로서 당당하게 아내로서 행복하게 기둥의 중심에서 따뜻하게 울고, 웃고, 지지고, 볶으며 정들고 사랑하는 가족이라는 울타리 안에 내가 있다. 어른보다 친구 같은 엄마, 여자보다 보석 같은 아내, 사랑으로 행복한 내 삶의 주인공이 되었다. 아이를 키우며 새롭게 배우는 인생의 깊이와 삶의 무게를 적절하게 버무려 제2의 꿈을 꾸며 자랑스러운 엄마로 사랑스러운 아내로 지혜로운 여자로 세상 멋진 경력을 쌓았다.

위대한 탄생, 위대한 존재, 위대한 가치. 내가 나에게 붙이는 수식어이다. 딸로 태어나 사랑스러운 존재로 가치 있게 자랐고 존재만으로도 소중한 사람이 되어 많은 사람에게 빛을 준다.

'꿈꾸는 아내는 늙지 않는다.' 그래서 가족의 지지로 꿈을 꾸는 아내는 세상 무엇보다 위대한 경력을 가지게 되었다.

이젠 요리하는 것도
즐겁답니다

정서인(60) ♥ 『괜찮은 오늘, 꿈꾸는 나』 출간한 작가

주부가 하는 일 중에 티 나지 않고 매일 해야 하는 일 중에 밥 짓기는, 주부인 나에게는 늘 쉽게 풀지 못하는 수학 문제같이 느껴졌다. 하루도 빠지지 않고 식사를 준비해야 했기에 부담스럽고 힘겨울 때가 많았다. 정성껏 차린 음식을 맛있게 먹어주면 좋으련만 누구도 그러지 않았다. 점점 요리에 자신감이 없어지면서 자존감도 낮아졌다. 요리에 대한 스트레스가 머리끝까지 치밀어 올라 온 날, 식탁 위에 된장찌개가 가득 들어있는 뚝배기를 싱크대에 쏟아부어 버렸다. 그 이후 한동안 찌개를 끓이지 않았던 일이 아련하게 떠오른다.

요리가 부담되어 밖에서 한 끼 뚝딱 해결하면 밥걱정 안 하고 좋겠다고 생각했다. 그랬던 내가 이젠 지금까지 해보지 않았던 요리를 시도하면서 즐기고 있는 나를 발견한다. 늘 해 오던 음식도 요리 방법을 달리하여 맛있게 먹어보려고 애쓴다. 요리를 부담스러워하던 내가 요리를 이렇게 즐기게 될 줄 몰랐다.

작년 11월 고흥에서 목회하는 목사님이 전복을 선물로 보내주셨다. 바닷가에서 태어난 나는 해녀였던 작은어머니를 통해 아주 가

끔 전복 맛을 보았다. 전복 맛을 알고 있었던 터라 싱싱한 전복을 보니 갖고 싶은 선물을 받았을 때처럼 기분이 좋았다. 몸이 아플 때 가끔 죽 전문점에서 전복죽을 사 먹었을 뿐 전복을 직접 사서 요리한 적은 없었다. 유튜브를 검색하여 전복구이를 정성껏 만들었다. 전복구이는 대성공이었다. 전복죽도 끓였다. 맛이 일품이었다. 가족들이 맛있다고 엄지를 몇 번이나 치켜세우면서 "우와! 너무 맛있다! 진짜 맛있다! 대박!"이라고 칭찬해 주었다.

며칠 전에는 처음으로 꽃게를 샀다. 꽃게를 어떻게 먹을까 생각하다가 먼저 서너 마리 쪄서 먹어보았다. 지금껏 먹어 왔던 동해의 게 맛과는 좀 달랐다. 어떻게 하면 맛있게 먹을 수 있을까 검색했다. 미식가인 남편에게 물었다.

"꽃게탕과 꽃게찜 둘 중에 무엇으로 해볼까요?"

"꽃게탕이 좋겠어."

핸드폰을 옆에 두고 귀로 듣고 눈으로 보면서 꽃게탕을 정성껏 만들었다. 남편이 맛있게 먹으며 말했다.

"메뉴 선택을 잘했어. 시원하고 칼칼하고 아주 맛있네! 당신 성공했어."

이젠 어떤 음식이든 해보지 않은 요리라 할지라도 유튜브 보고 그럴싸하게 만들어낸다. 새로운 음식을 요리하는 일이 즐겁다. 만들어주는 음식이 맛있다고 말하면서 얼굴에 미소 꽃을 활짝 피워주는 가족들을 보고 있노라면 세상 다 가진 듯 그저 행복하다. 이순이 되어가니 젊을 때 마냥 힘들고 하기 싫어하던 요리도 이젠 즐겁다.

누구에게나
겨울은 있다

배하경(40) ♥ 봄을 맞이하고 싶은 워킹맘

　서른이 되기 전에는 모든 것이 순조로웠다. 고등학교를 졸업하고 바로 대학교에 입학했고 대학 생활하는 동안 성적도 좋았다. 졸업과 동시에 바로 취직도 했다. 대학원도 한 번에 합격했고, 일하면서 논문을 쓰고 졸업까지 고비는 있었지만, 실패는 없었다. 그 안에서의 희로애락이 왜 없었겠냐마는 무언가를 시작하고자 할 때는 봄처럼 설레며 씨를 뿌렸고, 여름처럼 열정을 쏟았으며, 가을처럼 그 노력에 대한 결실을 수확했다. 나는 늘 최선을 다하는 사람이었고, 내가 얻은 결실은 한여름의 뙤약볕처럼 열정적으로 노력한 당연한 대가라고 생각했다.

　서른하나에 결혼을 했다. 결혼하면 사랑하는 사람과 봄처럼 달콤하고 예쁘게 살거라 생각했다. 하지만 지금까지의 상황과는 다르게 흘러갔다. 우리 부부는 성실이 몸에 밴 모범생이라 정말 열심히 살았다. 하지만 20대에는 노력한 것에 당연히 따라오던 결실이 더 이상 내 것이 아니었다. 무엇 하나 노력한 만큼 돌아오는 것이 없었고,

그렇게 나는 노력에 배신당했다. 그 배신감은 나를 겨울로 내몰았다. 여태까지 겨울인 줄 알았던 시련들은 여름철 지나가는 태풍이었을 뿐, 내 인생에 정말로 겨울이 왔다. 그렇게 노력의 배신에 몸서리치던 중 아이마저 어렵게 가졌다. 아이가 12월생이 되는 것은 생각할 겨를이 없었다. 기다림에 지쳐갈 때쯤 우리 곁에 와준 아이는 세상에 나와서 보름도 되지 않아 2살이 되었다. 감사하게도 아이는 건강하고 영특했으나 또래의 1, 2월생 친구들을 따라가기에는 역부족이었다. 아이가 너무 애쓰는 것이 눈에 보였다. 어린 나이에 또래를 쫓아가려고 애쓰고 좌절을 경험하는 것이 매 순간 미안했다.

복직을 했다. 아침 일찍 어린아이를 깨워서 아침도 못 먹인 채로 차에 태워 어린이집에 데려다주고 출근하는 일상이 나와 아이 모두에게 녹록지 않았다. 아침마다 아이에게 화를 내었고 직장에 도착해서는 펑펑 울었다. 퇴근하고는 다시 집으로 출근했다. 집에는 육아와 살림이 나를 기다리고 있었다. 그러는 사이에 나의 건강은 매우 나빠져 갔다.

더 치열하게 노력하고 살아가는데 어느 것 하나 나아지는 것이 없었다. 꽁꽁 얼어붙은 겨울 땅을 걷다 못해 어느새 시린 살얼음판을 걷고 있었다. 때론 그 얼음이 깨져버려 빠지기도 했지만, 세상 무엇과도 바꿀 수 없이 소중한 내 아이를 안고 있었기에 아이만은 빠지지 않게 번쩍 들고 버텼다.

마흔이 되었다. 계속 겨울일 것만 같았던 일상에 조금씩 봄기운이 찾아들고 있다. 여전히 노력한 만큼 결실을 보지 못할 수도 있다. 하지만 앞으로의 삶을 지난 10년처럼 살고 싶지 않다는 생각이 절실하게 들었다. 노력이 배신할 수도 있음을 배웠기에 나는 더 단단해졌다. 누구에게나 겨울은 있다. 하지만 겨울을 이겨내면 따스한 봄도 오기 마련이다. 이 글을 쓰고 있는 지금이 어쩌면 나를 봄으로 데려다줄지도 모르겠다. 긴 인생에 지난 10년은 짧은 겨울이었기를 바라며 오랜만에 느껴보는 봄의 달큰한 기운에 살며시 한 발 내디뎌 본다.

가족해방일지

또 다른 세계로
여행을 꿈꾼다

이가희(60) ♥ 날마다 또 다른 여행을 꿈꾸는 사람

나는 스스로 여행가 기질이 있다고는 한 번도 생각해 본 적이 없다. 여행가이기에는 모험을 두려워하고 겁도 많고 특히 낯섦을 견디지 못하는 성격이기 때문이다. 나는 익숙한 장소에서 오는 편안함을 즐기는 편이다. 혹여 여행을 가더라도 평생 살아가면서 다시는 못 올지도 모른다 생각하면 그 여행의 가치 때문에 교통편이나 숙소의 안락함을 더 중요한 순위로 여기곤 한다.

짧은 시간에 여러 곳을 다니는 것보다 한곳에 충분히 머물며 그곳의 문화와 풍경 그리고 습관까지 물들어 보고 싶다. 어찌 보면 나는 여행보다는 칩거가 더 어울리는지도 모른다. 그래도 다행인 것은 사람을 만나는 것은 좋아한다. 그런데 왜 날이 갈수록 사람들이 심드렁해지고 이 안에 고인 물들이 지루하다고 느끼는지 모르겠다. 새로운 무언가를 찾아 떠나야 한다는 생각이 자주 드는 요즘이다.

그나마 글 쓰는 것이 잘하는 일이거니 했는데 ChatGPT의 등장으로 작가로서 충격을 받았나 보다. 글을 써야 하는지, 창작이 어디까

지인지 나에게 질문을 던져 본다. 그래도 여전히 머리가 어지럽다.

주말이면 늘 일상을 떠나 어디론가 여행을 가는 남편 때문에 두세 시간 짧은 거리의 여행은 자주 한다. 아니 일요일마다 우리나라 곳곳을 풍경을 찾아, 맛을 찾아 탐닉하러 다니고 있다 해도 지나치지 않다. 지금처럼 칼바람이 부는 겨울 한복판을 지나도 머릿속이 엉켜있을 때는 여행 가방을 챙기는 것만으로도 설렌다.

어쩌면 남편은 이런 여행이 우리가 함께 걸어가는 삶에 바치는 최소한의 추억 쌓기거나 예의라 믿는 거 같다. 목적지가 정해져 꼭 어디론가 떠나야만 한다는 갈망 같은 것은 없다. 나에겐 잠깐 눈을 감으면 언제든지 꺼내 볼 수 있는 여행지의 추억들이 사진 속에, 기억 속에 생생하게 저장되어 있기 때문이다. 사람들은 누구나 떠나고 싶고, 또 떠난 사람은 누구나 제자리로 돌아오고 싶은 귀소본능이 있나 보다. 정말 돌아올 곳이 없다면 떠날 수 있을까 하는 생각도 든다. 그렇다면 떠나고 싶은 것은 돌아오기 위함이 아닌가 싶다. 떠나보면 나의 자리가 다른 의미로 느껴지는 것 같다.

나의 일상, 내 가족, 늘 잔잔하게 흐르는 것이 때로는 지루하다. 고여 있는 이 현실이 더 싱그러워지고 아름다워지려면 어디든지 떠나는 결단이 때로는 필요하다. 나를 더 잘 알기 위해 내일로, 그리고 낡고 익숙한 껍질을 찢고 낯설지만 새로운 나를 찾기 위해 여행을 떠나야 한다. 그것은 나를 또 다른 모습으로 발효시켜 조금 익은 나의 자리로 되돌아오기 위함이라는 걸 안다. 이제 AI 기술이 만들어 놓은 또 다른 세계로 가기 위해 여행 가방을 꾸려야겠다.

어머님이 남긴
선물

강경희(50) ♥ I'm OK, You're OK를 지향하는 상담가이자 강사

"주현아, 어째 못 하는 게 하나도 없노?" 시댁에서는 줄곧 첫째 아이 이름으로 불렸다. 공부만 하다 시집을 왔는데 뭘 해도 잘한다고 하셨다. 어머님은 셋째 며느리를 이쁘게만 봐주셨다.

유난히 할아버지, 할머니의 사랑을 듬뿍 받으며 자란 터라 시부모님이 불편하지 않았다. 아버님, 어머님을 뵈러 갈 때면 좋아하시는 반찬거리며, 간식들도 한가득 샀다. 국을 끓여 밥상을 차려 드리면 "맛있다. 맛있다."를 반복하셨다. 음식솜씨가 별로인데도 정성스레 음식을 준비하는 태도를 알아봐 주신 덕분이었다. 식사 전후 밥상을 드는 것은 언제나 당신 아들에게 부탁하는 꽤 보기 드문 시골 할머니셨다.

쉽게 역정을 내시거나, 평가하는 일도 거의 없었다. 한 번은 제삿날 젯밥이 물러 죽처럼 된 적이 있었다. 내가 한 건 아니지만 그 순간 당혹스러웠다. 먼저 웃으시며 "괜찮다. 그럴 수도 있지."라고 하셨다. 가족들이 한바탕 웃고 제사를 지낸 적도 있었다. 예법이 엄격

한 친정이었다면 불호령이 떨어졌을 수도 있었다. 실수도 허용해 주는 따뜻한 분위기는 시댁 가는 날을 즐거운 소풍으로 만들어주었다.

"사돈 어르신과 사부인이 참으로 딸을 잘 키우셨다."라는 말씀을 자주 하셨다. 결혼 후, 친정 부모님께 효도를 못 해 늘 죄송했지만, 어머님의 칭찬이 힘이 된 적이 많았다. 자식에게 헌신하며, 종갓집 제사를 정성스레 지내시는 친정 부모님을 보고 자라서였을까? 그러고 보니 20년 넘게 시댁 제사나 명절에 단 한 번도 빠진 적이 없었다.

물을 한 잔 건네도, 전화를 드려도 어머님은 언제나 "감사합니다, 감사합니다."를 제일 먼저 하셨다. 전화를 끊을 때면 매번 "감사합니다. 고맙습니다. 주현아, 행복해라."라고 하셨다. 전화를 끊고도 따스한 여운은 오래도록 남았다. 어머님과 함께 있으면 뭐든 감사할 수밖에 없었다. 생활 속 감사를 실천하는 감사의 달인이셨다.

힘들게 일하다가도 자식들만 오면 함박웃음을 지으시던 어머님! 밥 한 끼라도 먹여 보내야 마음이 편하시던 어머님! 뭐든 괜찮다며 허가해 주시고, 있는 그대로를 바라봐 주시던 어머님! 올해 동지 즈음이면 벌써 어머님의 두 번째 기일이다.

"감사합니다. 고맙습니다. 주현아, 행복해라." 최고의 응원이 귓가에 선하다. 살아온 힘, 살아갈 힘을 주신 어머님이 그리워진다. 서있는 자리마다 어머님이 남긴 선물을 귀하게 나누며 살고 싶다.

엄마도
자란다

강효정(44) ♥ 그림책을 사랑하는 아이북코치

"애 하나도 못 키우면서 무슨 일을 한단 말이고?!"

11년 전 복직을 앞둔 어느 날, 불현듯 들려온 시어머니의 목소리였다. 어디 기댈 데 없이 혼자 아등바등 첫째를 키우던 터라 나도 모를 서러움에 울음을 삼켰더랬다. 직장을 놓고 싶지는 않지만, 갓 돌 지난 아기를 생판 모르는 시설에 맡겨야 함에 두려움이 컸다. 일보다는 아이를 봐주길 원하는 시댁을 핑계로 퇴직을 하고 육아에 전념했다. 애가 애를 키우듯 엄마 아이도 커갔다.

배움의 욕구로 강연을 쫓아다니던 나는 2020년 코로나19가 퍼지면서 발이 묶여버렸다. 집에서 온라인 학습을 하게 된 두 아이와 그간 해주지 못했던 놀이를 맘껏 하며 행복했다. 두세 달이 흘렀고 아이들의 아웅다웅 다툼이 잦아졌다. 하루 종일 집안일 하랴 애들과 씨름하랴 나는 지쳐갔다. 종일 아이들과 함께 한다고 해서 행복한 것만은 아니었다.

'나는 어떤 사람이지?, 어떻게 살아야 할까?' 나를 찾고 싶은 엄마 사춘기였다.

반년이 흘러 코로나 사태가 완화되면서 '책 읽어주기 선생님'을 시작했다. 책 육아로 내 아이를 키워 낸 성공 경험으로 어릴 적 꿈을 이루었다. 책을 통해 찐 소통을 하고 교감을 나누다 보면 어린 시절의 결핍으로 굳어있던 가슴 한쪽이 몰랑몰랑해졌다. 치유와 힐링의 나날들이었다. "주인공처럼 돈이 생기면 뭐 하고 싶어?"라는 질문에 "선생님 살 거야. 사서 주머니에 넣어 다닐 거야."라고 하는 아이, 수업이 끝나고 일어서는 나에게 "선생님, 우리 집에서 자고 가도 돼요."라며 나를 붙잡는 아이. 그들의 순수한 사랑과 성장해가는 모습에 나는 더 행복했다. 책을 통해 배운 지식과 지혜를 내 아이들에게도 전해주려 애썼다. 매사 긍정적으로 최선을 다하려는 엄마의 뒷모습은 그렇게 성장하고 있었다.

일에 대한 열정으로 집안일과 아이들을 돌보는 시간이 줄었다. 아이들 둘만이 덩그러니 집에 있는 일이 잦아지고, 어질러진 집 모양새에 남편이 화를 내는 일이 늘어났다. 엄마의 빈자리 때문인지 둘째의 짜증이 늘어갔다. '아~! 도대체 여자는 바깥일을 하면서도 집안일을 다 해야 하고, 다음 생엔 남자로 태어나야겠다!'라는 생각까지 들었다. "텔레비전 볼 때 빨래라도 좀 개 줘요." 어느덧 남편에게 도움을 구하며 작게나마 집안일 분담을 시작했다. 아이들도 자기 일을 스스로 할 수 있도록 가르치며 시스템을 만들어 나가면서 나와 가정을 경영하는 리더로서 커가고 있다.

작년을 '성장' 원년의 해로 삼아 새벽 기상과 독서모임을 시작했고 독서코칭도 받았다. 올해는 그림책 테라피를 연구하여 공동체에도 나눌 것이다. 평생 책과 함께 성장하면서 사람들이 더 행복해질 수 있도록 나의 모든 경험과 노력을 나눌 것이다.

갓 태어난 아기처럼, 엄마로 태어난 그 순간부터 엄마도 자란다.

잘 살아온 나를
칭찬합니다

전애진(45) ♥ 삶愛 진심인 대한민국 대표 아줌마

 나이 드신 어른들 말씀이 "세월이 유수 같다."라고 하신다. 24살에 남편을 만났다. 엊그제 만나 연애한 것 같은데 벌써 결혼 17주년이다. 10년이면 강산이 변한다는데 그 강산이 두 번 변할 세월이다. 그 사이 두 명으로 시작한 가족은 어느새 다섯 명이 되었다.

 육아에 대해 주변에 도움받을 사람이 없었다. 육아만큼은 남편과 한 팀이 되었다. 주변의 육아 무용담에 흔들리지 않기 위해 노력했다. 무슨 일이 있든 오직 남편과 둘이 모든 것을 감당해야만 했다. 아이들을 잘 키우고 있는 건지 걱정될 때도 있었다. 너무 앞만 보고 살아온 것은 아닌가 하는 생각도 들었다.

 아픈 아이들을 두고 집을 나설 때면 죄책감에 마음이 아팠다. 군 생활, 집안일, 육아를 병행한다는 것이 때로는 힘들고 버거울 때도 있었다. 곁에 남편이 있었기에 견딜 수 있었다. 사회생활을 하며 육아하는 엄마들이 모두 나와 같으리라 생각하며 힘든 마음을 스스로 위로해야만 했다.

일과 육아의 균형을 잡고 싶었다. 하지만 현실은 그렇지 않았다. 엄마의 역할과 군대에서의 나의 직책 어느 것 하나 놓치고 싶지 않았다. 그런 마음이 커질수록 사소한 일상들이 삐거덕거렸다. 일에 집중하다 보면 아이들이 아프거나, 육아의 공백이 생겼다. 다시 육아에 집중하다 보면 일에서 제 역할을 다하지 못할 때가 있었다.

작년에 막내를 출산하고 육아휴직을 했다. 일과 육아라는 두 마리 토끼를 잡고 싶은 마음을 내려놓았다. 두 가지 모두 해야 한다는 마음을 버리고 한 가지에 집중하겠다고 선택하고 나니 마음이 한결 편안했다.

나는 요즘 육아와 살림의 달인이 되었다. 아이를 한 손으로 안고 나머지 한 손으로 요리한다. 청소기를 돌리면서 아이들의 공부를 챙긴다. 이유식을 만들면서 빨래도 정리한다. 밤중에 막내를 돌보느라 잠을 자지 못해도 끄떡없다. 한 번에 두세 가지 요리를 하는 것은 식은 죽 먹기가 되었다.

지금의 내 모습은 살아오면서 했던 수많은 선택의 결과물이다. 때로는 그 선택들이 옳았을까? 틀렸을까? 생각한다. 가끔은 더 잘해야 했는데 자책하기도 한다. 어떤 선택을 했든 나의 선택이 옳았다는 것을 나는 알고 있다. 나는 내가 했던 모든 선택을 응원한다. 그리고 지금껏 잘 살아온 나를 칭찬하고 싶다.

나는
계속 성장하는 엄마다

김경화(45) ♥ 7번째 책 쓰기에 도전하다

2020년을 살아가는데 그 어떤 희망도, 재미도 없었다. 책 쓰기에 도전하고 나의 첫 책 『새벽독서의 힘』이 출간되었다. 『새벽독서의 힘』을 출간하면서 그 상황을 이겨낼 수 있었다. 연달아 『나의 삶을 바꾸는 필사 독서법』, 『이러다 정말 죽을 것 같아서 책을 쓰기 시작했다』, 『내가 제일 잘한 일은 책을 쓴 일이다』 등 공저 포함 6권의 책이 2021년에 세상에 드러났다.

2021년은 평생 이룰 수 없는 꿈을 한해에 다 이루었다고 해도 과언이 아닌 해였다. 그 당시 나는 요양보호사로 종사했다. 경제적인 어려움으로 인해 요양보호사 일을 그만두고 생산업에 종사했다. 그 직장은 돈은 좀 되지만 일이 힘들다고 소문이 난 곳이었다. 그러나 일이 아무리 힘들어도 책 한 권을 1년에 쓸 수 있다고 생각하고 1년의 공장 생활을 했다.

그런데 1년이 지난 후 책 한 권을 써내지 못했다. 너무 몸이 힘들고 병원도 자주 다니며 원하던 것을 못 하였다. 주변에 50~60대 언니들은 "너무 돈 벌려고 애쓰지 마라.", "되는대로, 순리대로 살아라."라고 했다. 그러나 나와의 약속을 이룰 수 없음에 늘 마음에 짐을 지고 살았다.

이미 도전의 맛을 보았고 결과를 만들어냈기에 더욱 안타까웠다. 직장을 다니면서 교통사고 후유증으로 팔이 아파서 2달 정도 병원에 다니고 그 후에 허리가 아파서 병원에 다니면서 직장 생활을 더는 할 수 없었다. 그 공장으로 갈 때는 경제적으로 조금이나마 안정되기에 원하는 책을 쓸 수 있다고 생각해서 갔지만 1년 후 원하는 결과를 만들지 못하였고, 결국 다시 요양보호사로 취직했다. 요양보호사는 한 달에 20일 정도 근무하는데 쉬는 날이 열흘 정도 있어서 내가 원하는 일을 할 수 있었다.

다시 찾은 직업은 나를 더 신나게 했고 공저의 기회를 찾고 기다렸다. 결국 『하루 10분 놀이 중국어』 김미성 작가의 소개로, 기회를 주시는 권세연 작가의 도움으로 이렇게나마 공저를 작성하고 있다.

현재 공저를 쓰는 나는 행복하다. 내가 제일 행복한 시간은 책을 읽고, 책을 쓰는 시간이다. 이 시간은 어떤 것과도 바꿀 수 없는 시간이다. 나는 평생 성장을 목표로 하면서 날마다 자신을 어제보다 더 나은 사람으로 성장시키고 싶은 커다란 욕구가 있다.

"나는 날마다 모든 면에서 점점 더 좋아지고 있다."
- 에밀 쿠에

나는 6년 차 만년 신입사원
둘째 며느리다

강성희(39) ♥ 인생 목표를 즐기는 작가

    나의 직업은 15년 차 경력의 네일 아티스트다. 결혼 전부터 온전히 내 인생을 주체적으로 설계하고 시행착오를 겪으며 성장했다. 꾸준히 뷰티 매장을 운영하며 결혼을 한 지 6년이 지나고 있다.

    남편은 20살부터 친구로, 31살부터 연인으로 지내다 33살엔 남편이 되었다. 어느 날은 친구처럼, 어느 날은 애인처럼, 그렇게 남편은 자신의 위치를 잘 지켜주고 있다. 나는 남편의 지지를 받으며 그 안에서 인생을 배우고 훈습한다.

    나에게 결혼은 생각지도 못한 새로운 직책을 하사했다. 아내로서, 며느리로서, 동서로서, 개인 운영 체제가 아닌 조직적 운영 체제를 가르쳐 준다. 나의 직위는 신입사원이다. 좋은 프로젝트를 제안하여도 윗선의 결제가 없다면 실행할 수 없다. 나는 승진이 없는 만년 신입사원이다. 대리의 눈치와 과장의 눈치를 보라고 조언 받는 신입사원이다. 누군가는 좋고 부럽다고 말한다. 그러나 나는 불편했고 이해되지 않았다. 회사 조직 생활 경력도 없고, 주체적으로 내 삶을 설계하고 실행하던 나는 신입사원의 위치를 이해하는 데 시간이 좀 걸렸다. 예전 결혼생활에 대한 지인의 조언이 생각난다. 회사생활처럼 하라는 그때 지인의 조언이 참 이해된다. 다시금 내가 만년 신입사원이라는 것을 깨닫는다.

나는 6년 차 만년 신입사원 둘째 며느리다. 당신의 직위는 무엇일까? 그 직위를 잘 수행하고 있을까? 나처럼 이해되지 않아 불편함을 겪었던 것은 아닐까? 아직 결혼생활이 불편하다면 내가 찾았던 방법과 같이 회사 조직도로 나 자신을 한 번쯤 바라보길 바란다. 나 또한 그러하였듯, 비로소 주부로서의 경력과 경험, 가족관계 내에서 해내야 하는 일들이 조금 선명해질 것이다.

결혼은 진짜 사랑하는 사람과 하라고 꼭 말해주고 싶다. 당신에게 새로운 직위를 선사해 주는 것은 당신의 배우자다. 가장으로서, 아내로서 모두 자신의 역할 수행에 어려움을 겪는다. 그런데도 배우자를 사랑하는 단단한 마음은 잘 해내겠단 용기를 줄 수 있으리라 생각한다.

항상 옆에 있는 나의 남편, 아내에게 새로운 직위를 어렵지만 잘 수행해 주고 있음에 미소 가득 감사함을 표현해 보자.

고맙다, 내 남편.
고맙다, 내 아내.

아휴… 모시고 산 건 아니고
함께 살았어요

정혜명(52) ♥ 럭키한 블로거, 유튜버, 법인회계 업무하는 직장인

주부 경력 27년!

회사를 27년 다녔으면 한 임원을 하지 않았을까? 퇴직 후 여유로운 일상을 즐기겠지? 하지만 주부, 아내의 퇴직은 끝나지 않는다.

26살 친한 친구들이 하나둘씩 결혼을 하니 나도 급한 마음이 들었던 것 같다. 마음이 착한 남편을 만나 결혼하려 했지만, 친정에서는 시아버지만 계시다는 이유로 반대했다.

"시아버지 모시기는 벽 타기야."

"홀시아버지와 어떻게 살아?"

"막내야! 언니가 살아봤는데 절대 모시지 마."

친정엄마도 "남자가 그렇게도 없니?" 하면서 말리셨고, 언니와 오빠들도 우리의 결혼을 반대했다.

그러나 나는 27년 차 시아버지와 여전히, 잘 살고 있다. 결혼할 당

시 시아버지의 나이는 57세, 지금 생각하면 현재의 남편 나이였네! '시어른'이라는 단어만으로 너무도 어려운 존재감으로 다가왔다.

나는 모시고 살지 않았다. 다만, 함께 살았다. 많은 사람이 "대단하다."라고 하지만 전혀 그렇지 않다. 특별하게 시아버지를 잘 모시지 않았고, 효부도 아니다.

27년을 돌이켜보니 처음에 어려워하고 힘이 들었던 건 26살의 어린 나이에 이렇게 저렇게 모셔야 한다는 생각의 틀로 생활을 하니까 힘들었던 거다. 함께 사는 거다. 같이 살았을 뿐이다. 맞벌이 생활을 계속하는 나는 바쁘디 바빴다.

지금도 우리는 함께 셋이 산다. 큰아이, 둘째 아이 모두 독립해서 자취를 하고 있다. 시아버님이 빨래를 도맡아 해주신다. 싱크대, 가스레인지의 국물 자국을 닦아주시는 것은 시아버지 담당이시다. 나는 밑반찬과 집안 정리, 남편은 청소와 분리수거 담당이다. 완벽한 가족이다.

집에 들어왔을 때 시아버지가 안 계시면 많이 서운하고 허전할 것 같다. 나의 27년 시아버지 모시기는 결코 대단하지 않다. 함께 살았을 뿐이다. 81세 시아버지께서 건강하셨으면 하는 게 나의 큰 바람이다. 감사하고 사랑한다고, 쑥스럽지만 말씀드리고 싶다.

엄마란 이름을
가지게 해준 너

정연홍(72) ♥ 감사로 늙지 않는 할머니 작가

첫아이를 임신했는데 아기는 가끔 "나 여기서 잘 자라고 있어요." 하면서 발로 차며 신호를 보냈다. 기대도 하면서 한 편으로는 걱정이 마음 한가득이었다. 어른들의 이야기를 들으면 아기 낳을 때 눈에서 별이 보이고 하늘이 노랗게 보이고 방안 천장이 빙빙 돈다느니 하니 걱정이 안 될 수가 없었다.

아기가 직접 얼굴을 보여주겠다며 신호를 보내서 나도 보고 싶은 마음이 통했는지, 드디어 아기 얼굴을 보게 되었다. 얼굴은 하얀데 양 볼이 발그레하고 작은 입은 빨갛게 잘 익은 앵두 한 알을 입에 문 것 같이 예뻤다. 집에 와서 보고 또 보고, 아무리 쳐다보아도 신기하기만 했다. 잔뜩 찡그리기도 하고 작은 입을 한껏 벌리고 하품도 하고, 고사리 같은 손이라더니 작은 손을 꼭 쥐고 있는 것이 고사리 예쁠 때 모습이었다.

아기 본다고 손님들이 오시면 인사도 없이 잠만 자곤 했다. 흔들어도 나 몰라라 하고, 자고 떠들고 이야기해도 안 깨고 잘도 잤다. 그렇게 자다가도 늦은 밤이면 깨어서 혼자 누워서 노는 게 아니라 안고 흔들면서 같이 놀자는 것이었다. 식구들 잠은 자야 하니까 업고 밖에 나가서 골목길을 밝히는 가로등 있는 곳에서 서성였다. '지금쯤 잠들었겠지.' 하고 조심조심 들어와 부엌문을 열면 어찌 알았는지 등에서 안 들어간다는 신호를 보냈다. 잠을 못 자고 빨갛게 토끼 눈이 되어도 엄마인 나는 하나도 힘들지 않았다.

'나는 엄마이니까. 아기가 나에게 엄마라는 이름을 하나 더 가지게 해주었으니까…' 여자는 약하지만, 엄마는 강하다.

같이 잠을 못 자고 힘들어도 나는 엄마이니까 문제가 되지 않았다. 아기가 한 번 웃어주면 그것으로 만족했다. 백일을 며칠 앞두고 드디어 밤에 잠을 잤다. 다음 날도, 그 다음날도 잠을 잘 잤다. 그 아기가 지금 40이 넘은 나의 딸이다. 이러한 과정이 있었기에 지금 그때 일을 회상하면서 이야기를 할 수 있는 옛날 이야깃거리가 된 것이다. "네가 아기였을 때 말이야." 하면서 말이다.

"딸내미, 많이 많이 사랑한다."

어른이
되어가는 나

김현인(46) ♥ 말랑말랑한 여유로움을 담은 사람이고픈

아빠가 돌아가시던 그해 여름, 물을 쏟아부은 듯 내리는 비가 무서웠고, 장마 기간이 지긋지긋할 정도로 길었다. 수목장으로 향하는 길에 내려다본 한탄강의 거센 물살은 보는 것만으로도 몸이 움츠러들었다. 길을 걸으면 시끄럽다고 느꼈던 매미 소리가 참으로 그립던 잊지 못할 여름이었다.

남편과는 사내 커플로 만나 결혼을 준비했다. 시댁 어르신 두 분 모두 돌아가신 뒤라 안 계신 게 다행이라고 말하는 지인들도 있었다. 어머님은 어떤 분이셨을까 언젠가는 내 꿈에도 오실 거라는 마음으로 지금까지 살아왔다.

시아버님께서 남편 어릴 때 돌아가시고, 일찍 철이 든 남편은 어머님과 여동생을 보살폈고 늘 긴장 속에서 살아온 것 같다. 누구에게도 고민을 털어놓지도 못했고 든든한 나무가 되어줄 수 있는 이도 없었다. 결혼하고도 나에게 한 번도 내색하지 않았는데 돌이켜

가족해방일지

보면 나 역시 결혼하는 순간 남편에게 기대어 버린 건 아닌가 싶다. 결혼 전 직장 생활을 같이하며 남자니까 돈을 번다는 마음은 버리라고 말했던 나인데 지금의 난 어떤가 되돌아보게 되었다.

아빠의 사랑을 모르고 자란 남편이 맘에 걸리셨는지 친정 아빠께서는 훈아~ 이름을 불러 주셨고, 가끔은 남편에게 짓궂은 장난을 치며 아버지와 아들처럼 지내셨다. 손자가 태어나고 3대가 함께 목욕탕에 다니는 동네에서 유명 인사가 되셨고, 남자들만의 우정을 쌓아갔다. 가까이에 살고, 전화 한 통이면 언제든지 나타나 해결해 주시던 아빠가 돌아가시고 나서야 평범하던 일상과 마음의 구멍이 뚫리니 메워나가기가 어려웠다.

불혹이 훌쩍 지나고 언제든 함께할 것 같은 사랑하는 사람을 떠나보내고 나서야 그동안 내 남편의 가슴이 얼마나 공허했을지 알게 되었다. 남자니까 남편이니까 괜찮을 거로 생각했던 나의 어리석음을 한탄하며 헛헛한 마음을 사랑으로 채워나가야겠다는 결심을 하게 되었다. 순간순간 고비가 찾아오고 힘들 때마다 마음 졸이며, 누구에게도 하소연하지 못한 채 어머님 납골당에 가서 엄마를 찾았을 내 남편의 모습이 그려지니 눈물이 쏟아지고 가슴이 뜨거워졌다. 사랑으로 맺어졌지만, 나에게조차 힘든 내색을 보이지도 못한 채 혼자 끙끙 앓았을 남편에게 진심으로 미안했다.

부부란 본시 기쁠 때나 슬플 때, 고통도 함께 나눠 가져야 한다는

데 남자라는 이유로 아틀라스처럼 무거운 돌을 이고 있는 이가 바로 내 남편이다. 이제라도 힘들 때 힘들다고 말을 하고 키도 손도 작지만, 아줌마의 힘을 가진 나와 함께 나누길 바라본다.

  50을 바라보는 남편과 나, 이제야 남편과 내가 같은 곳을 바라보고 서로에게 큰 힘과 위안을 주는 든든한 친구가 되었다.

가족해방일지

시아버지 사랑은
며느리

신지희(47) ♥ 공기업 근무

　사랑하는 사람들이 떠나는 것이 가장 슬프고 외롭고 두렵다. 나는 기질적으로 혼자라는 것이 참 싫다. 어릴 적부터 사람의 부재를 겪은 나로서는 아마도 당연한 걸지도 모른다. 서울 미아동에서 강사 생활을 하면서 남편을 만났다. 나름 사내커플이다. 남편의 본가는 학원 근처였다. 그래서 빨리 부모님을 뵌 거 같기도 하다. 시댁 근처에서 부모님과 형 내외와 저녁을 먹었다. 그 당시 2층 주택에 부모님은 2층에, 형네는 1층에 살고 있었고 사이가 좋았다.

　첫 만남부터 아버지는 쿨하게 둘째 아들 방을 봐야 한다며 식사 후 집으로 가자고 했다. 혼돈의 카오스였던 방을 보고 경악을 했다. 그보다도 놀라운 것은 아버지였다. 격식을 차리는 건 고사하고 말 그대로 무격식이신 아버지는 파자마로 갈아입으셨고, 잠시 놀라기는 했지만, 뭐랄까 그냥 내 아버지 같다고나 할까? 그 편안함에 아주 편하게 웃고 떠들다 왔다.

당시에 외할머니가 누워계셔서 큰딸인 시어머니가 모시고 계셨고 화목한 가정이 니무 부러워서 결혼을 쉽게 결정할 수 있었다. 두 분은 딸은 아니지만 정말로 며느리 중에서는 최고로 배려를 해주셨고 이해해주셨다. 부모님의 사랑을 그때 과분하게 받았다. 지금도 시어머니는 엄마라고 부르고 시아버지는 까불면서 '명선 씨'라고도 불렀다.

시부모님은 아들 둘이 있는 안산에 내려오셨다. 직장인 첫째에 비해 잘 안 풀리던 둘째. 우리가 학원을 그만두고 힘들 때 아버지는 나와 같이 택배도 하셨다. 처음 암이 발견됐을 때에도 아버지는 늘 걱정이 많으셨다. 둘이 일을 나가면 아이들은 시부모님이 봐주셨다. 아버지 암이 재발했을 때, 병간호를 위해 택시 타고 다니던 나보고 운전면허를 따야 한다고 학원비를 주셨고, 아버지가 돌아가시던 해에 난 면허증을 받았다.

서울 강북구에 있는 성가복지병원. 그곳에서 1970년대에 남편이 태어났고, 2000년대 월드컵으로 뜨거울 때 내가 봉사를 했고, 2017년 '나의 명선 씨'는 호흡기에 의지해있었다. 간호하던 엄마가 안산에 볼일이 있어서서 나와 명선 씨만 있었고 나는 성경책을 읽어드렸다. 신명선 바오로. 나와 엄마는 교대를 했고, 그날 나의 명선 씨는 평화를 찾아갔다.

지금도 눈물 흐르게 하는 우리 아버지 명선 씨…. 이제 첫사랑 엄

마 찾지 말고 언제나처럼 뒷짐 지고 휘파람 불면서 편하게 지내셔
요. 물론 엄마랑 아직도 아버지 뒷담화를 하긴 하는데, 그것도 다 그
리움이 되었네요.

저는 여기서 엄마랑 가족들에게 아버지가 주신 조건 없는 사랑을
베풀면서 살게요. 아버지 며느리로 지내면서 모두 다 감사했어요.

아디오스.

배움 속에서 찾은
변화와 성장

이애경(44) ♥ 꿈과 행복을 찾아가는 엄마 작가

두 아이의 엄마로 매일 전쟁 같은 하루를 살아가던 어느 날, 신문 사이에 넣어진 광고 전단 한 장이 눈에 들어왔다. 전단지는 교육강좌 프로그램을 안내하는 내용이었다. 여러 강좌가 있었지만, 육아가 힘들었던 나에게 유독 부모 교육강좌가 눈에 들어왔다. 나는 바로 부모 교육강좌를 등록하고 강의를 듣기 시작했다.

수업 첫날, 설레는 마음으로 강의실 안으로 들어섰다. 예상보다 많은 분이 강의실에 계셨다. 빈자리에 앉아 주변을 둘러보니 혼자 온 사람은 나밖에 없었다. 혼자라 살짝 긴장도 되었지만 배울 수 있다는 기대감에 행복했다. 강사님이 들어오시고 수업이 시작되었다. 엄마들의 속을 쏙쏙 들여다보듯 아이들의 행동과 엄마들의 말을 성대모사 하셨다. 모두 웃음이 터졌고 엄마들 모두 고개를 끄덕끄덕 했다.

'다른 엄마들도 비슷한 고민과 똑같은 갈증이 있었구나.'

나만의 고민이 아닌 것을 인지하고 나니 수업을 듣는 것만으로도 위로와 공감이 되었다. 그 순간 마음과 다르게 아이들에게 내뱉었던 말들이 머릿속에 스쳐 지나갔다. 나를 다시 돌아보게 되었고 부모로서 많은 반성이 되었다. 그러지 말아야지 하면서도 힘든 육아로 공감 대화보다는 잔소리하며 명령하는 말을 했던 내가 부끄러웠다.

부모 교육에는 다양한 성격유형 검사가 있었다. MBTI, 에니어그램 등 설문지를 통해 성격과 성향을 파악하고 나 자신부터 알아갔다. 엄마 자신부터 알아야 객관적으로 바라볼 수 있고 아이와의 관계에서도 도움이 되기 때문에 매우 중요한 부분이다.

매주 강의를 들으며 스스로를 돌보게 되었고 배운 내용을 삶에 적용하려고 노력했다. 그중 가장 도움이 되었던 내용은 나-전달법이었다. 나-전달법은 내가 중심이 되어 말하는 대화법이다. 아이들에게 "뛰지 마!"가 아니라 "엄마는 네가 뛰지 않았으면 좋겠어."라고 하는 것이다. 나-전달법을 배우고 내가 중심이 되어 마음을 표현하니 한결 편해졌다. 신기하게 아이들도 떼를 쓰지 않고 마음을 표현하기 시작했다. 너무 기뻤다. '아이는 부모의 거울이라더니…. 내가 변해야 하는구나….' 좋은 경험을 하고 나니 더 신이 났고 수업이 즐거웠다.

시간이 지날수록 수업을 듣고 집으로 가는 발걸음이 점점 가벼워졌다. 병원에 방문해 약 처방을 받고 가듯이 하나씩 해답을 찾아 나갈 수 있었고 막막하던 육아에 희망이 보이기 시작했다. 아이를 양육한다는 것은 참으로 어려운 일이다. 때로는 지치고 힘겨울 때도 있지만 배우고 변화하며 성장해야 한다는 것을 순간순간 느끼며, 지금도 앞으로 나아간다.

결혼을
추천합니다!

윤소정(38) ♥ 리본 작가

"결혼하면 좋아요?" 자주 접하는 질문이지만 답이 쉽지는 않다. 그렇지만 나의 답은 "YES"다. 안락함을 최고의 선으로 여기는 사람이라면 결혼은 단연 최악의 선택지다. 하지만 장인의 손에서 예쁘게 빚어진 도자기라면 반드시 불가마에 들어갔다 나와야 완성이 되는 것처럼 우리 삶에 뜨거움은 꼭 필요하다. 완전한 타인과 맞춰가며 살아가는 일은 정신이 번쩍 드는 화끈한 경험이다. 더 나은 나를 만나고 싶다면, 더 단단해지고 싶다면 반드시 해보길 바란다. 단, 각오를 단단히 하고.

변덕스럽고 충동적인 나와 달리 새벽 5시면 일어나 자신의 하루를 꼼꼼히 채워가는 그는 공부만큼이나 연애에서도 성실했고 일관됐다. 알뜰하지만 인색하지 않았고 작아 보였지만 어디서나 꼿꼿했으며 약자들에겐 부드럽고 친절했다. 그렇게 푹 빠져 있던 그와 스물여덟에 결혼했다. 근면함의 보상을 받듯 그는 꽤 괜찮은 곳에 취업했고 삶의 여유를 잠시 누릴 수 있었다. 최고는 아니었지만 넘치는 것들이었기에 감사했고 행복했다. 꿈꾸던 남편과 머릿속으로 그리던 가정이었다. 첫아이 출산을 앞두고 회사를 그만두겠다고 통보하기 전까지는.

새로 구한 직장의 월급처럼 집도 반 토막이 났다. 회사 사택에서 시작했던 우리는 결국 보증금 500에 25, 이십 년이 훌쩍 넘은 낡은 아파트로 이사를 했다. 가지고 있던 소파와 육아용품을 거실에 옮겨다 놓으니 발 디딜 틈이 없었다. 그 답답한 곳에서 말 못 하는 아이와 하루를 보낼수록 그가 원망스러워졌다. 결혼이 힘든 여러 가지 이유 중 하나는 내가 보고 싶지 않은 진짜 나를 보게 하기 때문이라는 말을 들은 적이 있다. 돈 앞에서 속물처럼 변하며 뾰족한 말을 쏟아내는 나를 보는 건 또 다른 가시였다. 어떤 날은 그를, 또 어떤 날은 나를 미워하며 시간을 보냈다.

지칠 대로 지친 상태에서 우연히 보육교사 양성과정을 알게 됐다. 치과위생사이던 내가 굳이 필요하지 않은 자격증을 백만 원이 웃도는 금액을 내며 배우고 싶다고 말했을 때 그는 의외로 흔쾌히 우리집 반년 치의 월세를 내주었다.
"해 봐, 뭐든 배우는 건 나중에 도움이 되게 돼 있어."라며.
그 과정이 내게 남긴 거라곤 아이들의 어린이집 선생님께 감사해야겠다는 다짐뿐이었다. 그런데도 그는 꼭 지금이 아니어도 언젠가는, 어떻게든 도움이 될 거라며 나를 토닥였다.

그렇게 쓸모없어 보이는 경험들이 우리 사이를 메워갔다. 버티기 위해 했던 여러 취미생활, 조금이라도 나은 곳으로 이사하기 위해 매일 아이들의 도시락을 싸놓고 출근하는 일, 마음을 다스리기 위해 읽어 내려갔던 책들, 그를 이해하고 싶어 나눴던 이야기들은 쌓이고 쌓여 어느 순간 거름이 되어 있었다. 보육교사 자격증 덕분에 시작하게 된 아동 구강보건 교육 강사 일, 위로받았던 책들이 빚어낸 나의 글들, 돌고 돌았지만 진짜 꿈을 찾아 자신의 길을 걷고 있는 남편은 함께 하며 견뎠기에 볼 수 있는 꽃이다. 단단히 구워진 나란 화병에 하나씩 꽂히는 꽃들이 있어 내 삶은 향기로 충만해지고 있다. 그러니 추천할 수밖에!

나는 아직도
나로 살고 싶은 욕심이 많은 사람이다

윤정근(41) ♥ 12살. 3살 아이들을 키우며 일하는 워킹맘입니다

    1남 2녀의 장녀로 태어나서 어렸을 적부터 짊어졌던 장녀의 짐을 덜고 싶은 마음에 20대 사회생활을 시작하면서부터 남을 배려하기보다 이기적으로 살았던 나였다. 사랑하는 사람을 만나 8년이라는 기나긴 연애 기간을 통과하고 '결혼'이라는 것을 했을 때까지만 해도 나는 내가 먼저인 사람이었다.

    그러다 첫 아이가 생기고 처음으로 내가 하고 싶은 대로 할 수 없는 것이 있다는 것에 무력감을 느끼게 되었다. 그것은 '육아'라는 것이었고 나란 사람은 생각했던 것 이상으로 육아에 자질이 부족한 사람이라는 것을 느꼈다. 그 상황을 마주하는 것이 두려워 육아는 일찌감치 단념하고 아이를 어린이집으로 보내고 일을 시작했다. 아이가 우선인 삶보다는 내가 우선인 삶이 육적으로나 심적으로나 편했다.

    그리고 9년 후 기적같이 둘째가 찾아왔다. 뿌리 없이 흔들리던 우

가족해방일지

리 가정에는 너무나 감사하고 감사한 일이었다. 둘째는 첫째와는 또 다른 사랑을 느낄 수 있게 해주는 존재였다. 아이들과 함께 있는 시간이 행복했다.

하지만 출산한 지 얼마 되지 않아 다시 일을 시작했다. 일을 통해 느끼는 만족감을 포기할 수가 없다. 나는 앞으로도 내가 먼저인 삶을 살아가게 될 것 같다. 그래서 나는 욕심이 많은 사람인 것을 인정하기로 했다. 이기적인 사람인 것을 인정하기로 했다. 대신에 '아이 때문에', '남편 때문에', '누구 때문에'라는 핑계로 내 꿈을 포기했다는 하소연은 하지 않을 것이다.

내 욕심대로 살아가는 인생이어도 아이들 앞에서 죄책감 가지는 엄마이기보다 당당한 엄마가 될 것이다.

모자(母子) 작가의
성장 스토리

김미성(44) ♥ 아이와 엄마의 동반성장을 꿈꾸다

　아들과 함께 성장하는 삶을 살고 싶은 행복한 엄마이자 중국어 강사로서 이야기를 나누어보려고 한다. 16년 전 맨 처음 한국 땅을 밟고 이런 생각을 한 적 있다. 나는 한국에 왜 왔을까? 나는 누구일까? 나의 정체성에 대해 궁금하고 찾기를 시작했다. 마음의 고향, 마음이 끌리니깐. 나 하나로 인해 가족 구성원으로 이루어지고 더 나아가서 국가, 세계, 지구, 하나뿐인 지구이듯이 우리 마음은 하나이기 때문이다.

　아이를 키우면서 물론 행복한 일도 많았지만 힘든 일이 없었다면 거짓말이다. 나는 누구보다도 아이에 대해 애착이 많았고 아이를 잘 키우려는 욕심이 많았다. 육아 관련 책도 쌓아 놓고 보았다. 아이가 가져다준 성장통에 시행착오를 겪으면서 많은 것을 느끼고 배우며 나도 성장한 것 같다. 행복해서 같이 기뻐하며 손뼉 칠 때도 있고 힘들 땐 서로 부둥켜안고 눈물 흘릴 때도 있었다. 최고의 아이를 키우는 것은, 나를 티칭하고 코칭 하는 것이라는 것을 깨달음을 얻었다. 이보다 더 값진 것이 어디 있을까?

엄마로서 본보기를 잘 보인다면 우리 아이는 건강하게 잘 자란다. 감정적응능력이 뛰어난 사람들은 성공한다는 것을 확신한다. 감사함을 아이에게 알려줄 때는 감사 일기로 감사함을 진심으로 전달했다. 콩나물시루에 물 주듯이 물이 흘러내릴 줄만 알았는데 우리 아이는 잘 자랐다. 진심은 진심으로 통한다. 코로나로 인해 학습격차가 많이 생기고 발달 격차는 더 심각했다. 코로나를 통해 집을 학교로 만들고 집을 도서관으로 만든 사람도 있다. 바로 나이다. 아이가 사교육을 하지 않고 온전히 집에서 꾸준히 할 수 있게끔 만들어 주었다. 그리고 중요한 것은 아이를 믿어주고 함께 해 왔다는 점이다.

나는 매일 스스로 내 감정의 핸들링을 잘 해왔다. 좋은 습관은 내 삶에 엄청난 플러스가 된다. 나는 매일 아이와 책을 꾸준히 읽어왔다. 항상 아이랑 이런 대화를 많이 한다. 3년 후, 5년 후, 10년 후 나의 모습은 어떻게 돼 있을까? 버킷리스트도 적어 보며 공유하고 응원해 준다. 하나하나 버킷리스트를 지워갈 때마다 또 다른 버킷리스트가 탄생한다.

솔개 환골탈태에 관한 이야기를 들어 보았을 것이다. 반드시 거쳐야 하는 힘든 과정, 중요한 선택, 고통을 통해 새로운 삶을 선택하는 것이다. 인생은 살다 보면 많은 선택을 해야 한다. 용기 있는 선택을 하지 못하면 아무런 변화가 오지 않는다. 당신의 결정은 당신의 미래이다.

네가 내게 오기 전부터
온통 너야

장유화(50) ♥ 두 번째 걸음을 내딛는 초보 작가

내겐 나를 닮아 자세히 봐야 예쁘고 아주 오래 봐야 사랑스러운 스무 살짜리 딸이 하나 있다. 딸아인 원망 대신 "엄마! 우리 집에 태어나서 난 정말 다행이야."라고 종종 말한다. 내게 이 말은 아무리 들어도 질리지 않는 최고의 칭찬이요, 즉시 행복해지는 마법의 주문이다. 간질거리는 속마음을 감추고 잘난 체하는 말투로 "그치? 넌 참 좋겠다! 내가 네 엄마라서."라고 응수하면 "응, 그래서 평생 결혼 안 하고 엄마랑 살 거야."라는 답이 돌아온다. 지난 20년간 온 정성을 다해 키우면서 얻은 유일한 부작용이다.

아기를 기다리며 병원에, 철학관에, 유명한 절들을 방문해 108배를 하며 초조하게 보내던 어느 날 문득, 난 한 번도 어떤 엄마가 되고 싶은지, 어떤 아이로 키울 건지에 대해서 고민도, 준비도 해본 적이 없다는 걸 깨달았다. 도움을 얻고자 급히 문을 두드린 곳은 사회교육원 보육교사 과정 반이었다. 한 사람을 제대로 키워낸다는 게 어떤 무게감인지 온몸으로 느낀, 정말 값진 1년이었다. 특히 나의 양육 태도를 미리 점검해보고 수정할 기회를 얻은 건 아이를 위해서 천운이었다고 생각한다.

결혼 5년 차, 드디어 학수고대하던 아기 소식을 들었을 때 "태어난 후의 10년보다 뱃속 10개월에 더 정성을 들이라."는 교수님의 말씀을 떠올렸다. 배웠던 대로 태아의 두뇌 발달보다는 엄마와의 교감에 초점을 맞추기로 했다. 음악을 들으며 인형을 만들고 동물원, 미술관, 궁 투어 등을 다니며 끊임없이 태담을 나눴다. 꾀꼬리로 빙의해 동요를 불러줄 때는 내가 더 신이 났다. 태교의 중요성에 공감하던 남편에게도 특별 임무가 주어졌다. 유머러스한 남편은 구연동화, 자장가를 맡았는데 덕분에 난 매일 밤 웃다가 잠들었다.

공을 들여서인지 딸아인 좀 남다르긴 했다. 모든 게 빨랐고 6세 땐 언어 영재판정을 받기도 했다. 욕심을 뒤로하고 행복한 아이로 키우자는 원래 목표에 집중했다. 전문가들의 특강을 통해 얻은 답은 바로 독서였고 딸은 취학 전까지 수천 권의 책을 접했다. 아이에게 더 넓은 세상을 보여줄 겸 주말마다 전국 방방곡곡 체험 여행도 떠났다. 청소년기엔 함께 자원봉사에 힘쓰며 나누는 기쁨을 알아가게 했다. 이 모든 경험이 켜켜이 쌓여 딸의 올바른 가치관 형성에 지대한 영향을 미쳤다고 굳게 믿고 있다.

딸아인 공부만 빼고 여기저기 두각을 나타냈다. 지인들은 안타까운 마음에 저 시간에 공부시켰어야 했다고 했지만, 난 딸이 저렇게

'다행이야'를 남발할 때마다, 또한 고운 마음씨로 타인을 배려할 때마다 내 선택이 옳았음을 확신한다. 현재 미대생인 딸의 꿈은 애니메이션 감독이다. 처음 들었을 때 어쩜 저렇게 자기랑 딱 맞는 꿈을 찾았나 신통방통했다. 보고 듣고 겪었던 모든 것들을 어떻게 녹여낼지 내가 더 두근거리고 기대된다. 결국 이 모든 과정은 헛된 것도, 엄마 노릇 열심히 했다는 자기만족의 시간도 아니었다. 아이가 스스로 꿈을 찾아낸 이 의미 있는 여정에 동행할 수 있어 행복했고 나야말로 네가 내 딸이라서 다행이라고 말해주고 싶다.

멈춰버린 나를
움직이게 하는 것

윤정희(42) ♥ 새로운 곳에서 가족과 행복한 삶을 꿈꾸는 자

　무더운 여름이 오기 전, 둘째의 두발자전거 타기 연습을 위해 네발자전거의 바퀴를 떼러 자전거 전문점으로 향했다. 유난히도 맑고 햇살이 강하여 조금만 뛰어도 땀이 나기 시작했다. 첫째도 초등 1학년 때 두발자전거를 탔기에, 둘째도 가능하지 않을까 생각했다. 운동신경 좋은 첫째에 비해 둘째는 시간이 오래 걸렸다. 두 발을 힘껏 누르고 넓은 근린공원을 달리는데 벌써 숨이 차기 시작했다. 사실 달리기를 한 지가 오래되었다. 숨이 막히는 증상으로 공황이 오기 때문에, 경험하고 싶지 않아서 달리지 않았다.

　이런 나를 움직이게 하는 것이 아이들이다. 최근 일 년 동안 약의 부작용으로 체중이 8kg 늘어 뛰는 것이 더욱 힘들고 다리가 아팠다. 그래서 자연스레 달리는 행동은 더 멀리하게 되었다. 우리는 뜨거운 햇살을 피해 아파트 앞 모래 놀이터로 왔다. 잠시 휴식을 취하고 다시 자전거 균형을 잡아주며 달리기 시작했다.

어찌 된 일인지 달리면 달릴수록 땀이 나지만 숨 막힘은 사라지고 있었다. 그리고 뭉쳐신 종아리가 가볍게 느껴지기 시작했다. 언속 세 바퀴를 달리니 세상이 달리 보였다. 앞으로 겁먹지 말고 달려도 될 것 같았다. 뛰기도 전에 발목에 무리 갈까 봐 숨이 멈출까 봐 두려워하는 나를 직면하게 된 것이다. 이젠 발목이 아파져 올 때까지 달려볼 생각이다. 내일도 달리는 나를 상상해 본다. 만 보를 걸으면서 멀리 사는 지인에게 전화를 걸어 안부를 묻게 된다. 내가 아닌 다른 삶의 길에 안전히 걸어가는지 궁금하였다. 어쩌면 스스로에게 잘 지내고 있는지 묻고 싶은 것인지도 모르겠다. 오전을 걷기와 집안일 재충전으로 보낸 후, 오후에 열심히 달리니 하루가 달라 보인다.

몸의 변화와 건강의 이유로 하지 않는 행동들이 늘어간다. 당연한 일들, 어려운 일이 아님에도 불구하고 때로는 작은 용기가 필요한 경우가 있다. 운전대를 다시 잡은 것, 극심한 물 공포를 극복하고 물속으로 들어가는 것, 지친 몸을 이끌고 늦은 오후 놀이터로 나가 아이들의 그네를 밀어주는 것, 이미 녹초가 되었지만 늦게 퇴근하는 남편을 위해 두 번째 저녁식사를 준비하는 것…. 혼자였다면 하지 않았을 일들이다. 가족이라는 울타리는 몸을 일으켜 움직이게 한다.

누군가는 살기 위해 걷고, 또 누군가는 달릴 것이며, 삶의 고통 속에서도 높은 곳을 향해 올라가야 하는 이유가 있을 것이다. 살아간다는 것은 각자의 의미가 있기에 걷고 또 달려본다.

코로나19 시기에
다시 싹튼 사랑

조은화(43) ♥ 잔잔한 행복에 만족하는 중국 주부

남편이 하는 일은 북한 무역이라 북한으로 몇 개월씩 장기 출장을 가야만 했다. 수년간 떨어져 살던 남편과 함께 있기 위해 모두가 부러워하는 직장을 그만두고 남편이 있는 도시로 갔다. 어렵게 취직하여 10여 년 동안 잘 나가던 직장을 포기하고 가정주부로 돌아간다는 것은 절대 쉽지 않은 결정이었다.

낯선 도시에서 아는 사람이라곤 남편 하나뿐인데 남편은 여전히 출장이 잦았다. 직장 생활에 익숙해져 항상 바쁘게 지내다가 전업주부가 되니 매일매일 하는 일이라곤 아들을 챙기고 밥하고 청소하고 빨래하는 일들…. 자신이 쓸모없는 사람이 된 것 같은 느낌에 점점 우울해졌다. 가만히 있으면 마음이 조마조마하며 불안했다.

처음엔 아들을 밤늦게까지 문제 풀이를 시키고 검사하며 매일매일 운동도 같이 했다. 비록 성적이 많이 올라가게 됐지만 통통하던 아들이 날이 갈수록 핼쑥해졌다. 자기도 모르게 모든 신경을 아들한테 몰두하다 보니 아들도 스트레스를 받는 것 같았다.

어느 날 갑자기 코로나19가 터지고 우리 세계는 잠시 감속 버튼을 누른 듯 천천히 돌아가기 시작했다. 남편도 가정으로 복귀하게 되었고 우린 드디어 매일매일 함께 있게 되었다. 하지만 오랫동안 집에만 갇혀 일을 못 하게 되니 남편이 나의 눈치를 보는 것 같았다. 바쁘게 지내다가 갑자기 쉬게 되면 어떠한 심정인지 너무나도 잘 알기에 계속 남편을 격려해 주었다. "지금은 남들도 다 똑같은 상황이야. 건강만 잘 챙겨. 돈은 천천히 벌면 되지…."

우린 함께 배드민턴을 치고 배구도 치고 탁구도 쳤다. 집에서는 함께 재밌는 드라마를 골라 보며 토론하고 함께 <미스터 트롯>을 보며 참가자들을 응원하기도 했다. 무엇이든 함께 하다 보니 대화도 점점 길어지고 감정의 온도가 상승하며 정이 더 깊어진 것 같다. 친구들도 많아지고 생활에 활력이 넘치는 것 같았다. 매일매일 격려해 주고 작은 일에도 칭찬을 해줬더니 기적이 일어났다. 예전엔 계란 프라이도 못 하던 남편이 이젠 어려운 요리도 척척 해내며 설거지까지 도와준다. 무뚝뚝하던 남편이 요즘은 애교가 점점 늘어나고 있다.

코로나로 인해 우린 천천히 서로를 이해하고 배려하며 서로를 깊이 알아갈 기회가 주어졌다. 비록 잠깐 돈은 못 벌고 있지만, 하루하루가 즐겁고 행복하다. 생각해 보면 무엇이든 함께 할 수 있어서 좋

가족해방일지

은 것 같다. 결혼 21년 차지만 우린 이제 신혼이다. 늙어 갈수록 애가 되는 것 같은 남편과 반대로 점점 성숙해지는 아들을 보며 가끔은 경제적인 불안감도 느끼곤 하지만 조금씩 변화하는 남편과 아들을 보면 흐뭇하기도 하다. 돈이 많다고 행복해진다는 보장은 없다. 현재의 생활에 만족하고 있다.

사람들은 결혼은 사랑의 무덤이라고 한다. 사랑은 감정이고 결혼은 생활이다. 사랑에는 열정이 필요하고 결혼에는 안정이 필요하다.
내가 생각하는 낭만이란 사랑하는 사람과 천천히 늙는 데 시간을 낭비하는 것이다!

내 인생의
가장 찬란한 경력은

송나원(42) ♥ 행복한 글쟁이

"여보, 나 임신했나 봐요."
"…네?"

10여 년 전 아침, 나는 남편에게 임신테스트기를 보여주며 말했다. 그는 당황하면서도 미묘한 표정을 지었다. 결혼 1년 뒤 아이를 갖자고 계획을 세웠지만, 그날은 식을 올리고 두 달도 안 된 날이었다. 우리는 선명한 두 줄을 똑똑히 보았으나 눈앞의 결과는 비현실적임을 느꼈다.

"축하합니다, 임신 6주네요. 앞으로 조심하셔야 해요."
한걸음에 달려간 산부인과. 의사는 초음파 화면을 가리키며 뱃속 생명체의 심장 소리를 들려주었다. 쿵, 쿵, 쿵, 쿵…. 빠르고 규칙적인 건강한 박동. 비로소 모든 것들이 선명해졌다. 엄마가 된다는 사실을 의심했으나 현실이 되었다. 기쁘면서도 당황스러웠고 행복했지만 두려웠다. 그러나 반드시 올 아이였다. 우리 부부는 손을 잡고 서로를 보며 웃었다. 향후 발생할 모든 어려움을 슬기롭게 대처하겠다는 굳건한 의지를 다지며 말이다.

출산 휴가 3개월을 받았다. 유독 엄마 품을 좋아했던 아이는 바닥에 내려놓기만 하면 울어대는 '초 예민 등 센서'를 장착한 바람에 내 손목은 성할 날이 없었다. 밤낮이 바뀌는 상황이 일상이 되고, 제대로 쉬지 못해 어깨에 곰을 매달고 다녔지만 매 순간 행복했다.

출근 전날, 여느 때와 다름없이 아이를 목욕시키는데 목구멍이 뜨거워지며 눈물이 왈칵 쏟아졌다. 마음 좋은 베이비시터를 구했지만, 내 자식이 다른 사람 품에 안기는 상황을 받아들이기가 어려웠다. 우는 나의 얼굴이 평소 웃는 얼굴과 달라서인지 아이는 까르륵대며 웃었다. 웃음소리가 커질수록 '천사'의 말간 얼굴 위로 눈물이 장맛비처럼 쏟아졌다. 어떻게든 이 소중한 생명을 내 손으로 키우고 싶다는 생각이 온몸을 흔들었다. 이게 그 무섭다는 모성애인가.

회사에 복귀하고 나서도 마음이 편치 않고, 아이가 눈앞에서 아른거렸다. 업무환경이 변하는 바람에 가족과 함께하는 시간이 줄어들었다. 몇 날 며칠을 남편과 상의하고, 타인의 의견을 구했다. 결국, 회사를 그만두고 엄마 역할에 충실해 보자는 결론을 냈다. 당시만 해도 육아휴직을 받는 것이 수월치 않았다. 그렇게 나의 경력 단절이 시작되었다.

하루하루 고된 육아를 하며 일과 관련된 경력에 쉼표를 찍었으나, 엄마로서의 경력을 쌓았다. 아이를 돌보고 엄마의 역할에 충실하며, 출산하지 않았으면 평생 모르고 지나칠 감정들을 온몸으로 헤아렸다. 사회적으로 경력이 단절되었던 그 순간들을 후회하지 않는다. 이렇게 소중한 경험을 글로 풀어낼 수 있는 시간이 왔으니까. 마침내, 그 시절이 내 인생에 가장 찬란한 경력이 되었으니까.

한 번도 생각해 보지 않은
내 속마음

김선영(51) ♥ 자연친화 암웨이건강라이프헬퍼

두 아이의 엄마, 한 남자의 아내. 생각만 해도 나 자신에게 감동이고 선물이다. 사실, 부모님이 사시는 모습을 보며 결혼은 여자가 희생하는 것만으로 생각되었다. 그래서인지 결혼은 아예 생각조차 안 했는데…. 돌이켜 생각하면 과연 누가 날 사랑해주고, 나와 평생 함께할까? 이런 생각을 하며 살았던 것 같다. 매우 자존감 낮은 사람이라 누군가 날 좋아한다 해도 믿지 않았던 것 같다. 그런데 30 중반을 넘어서도 엄마는 나의 늦은 귀가를 단속하셨다. 그런 엄마에게서 벗어나고 싶었다. 친구들이 결혼해서 편하게 생활하는 일상을 보면서 부러웠다. 이유는 내가 집에 도착할 때까지 기다리는 엄마가 신경 쓰이고, 걱정돼서였다. 결혼에 관한 생각이 바뀌고, 다른 인생을 살고 싶다는 마음에 지금의 신랑과 결혼을 하였다.

신랑은 중학교 때부터 홀어머니, 누나와 함께 살았다. 그러다 보니 성인이 되고 사회 생활하면서는 주말이나 휴가 때는 어머니의 남편, 기사, 술친구 역할을 했던 착한 아들이었다. 나와는 고등학교

동창으로 선택의 여지없이 어머니와 함께 신혼생활을 시작하였다. 결혼하고도 계속 회사에 다녔는데 거래처와의 약속이 있어 귀가가 늦으면 "새색시가 맨날 늦냐."며 결혼 전보다 더 강한 시어머님의 말씀으로 인해 어쩔 수 없이 집으로 바로 퇴근하였다. 그런데 신랑은 평소대로 약속이 잡히면 술 먹고 늦게 들어오는데, 그건 당연하다 생각하시다 보니 어쩔 수 없이 시어머니와 단둘이 저녁을 먹는 날이 늘어났다. 스트레스는 계속 쌓였고 결국 난 신랑한테 어머니 모르게 폭발을 했다.

"내가 너희 엄마랑 저녁 먹으려고 결혼했냐? 우리 엄마하고는 밥도 못 먹었는데…."

"우리 엄마한테 전화 한 번도 안 하면서 왜 나는 너희 엄마랑 일찍 퇴근해서 밥을 먹어야 하는데? 너는 매일 늦게 들어오고, 난 금촌서 서울로 출퇴근하는데…."라며 속내를 말했다. 그렇게 극도의 스트레스로 간에 무리가 되어 황달에 급성 A형 간염으로 예정에 없던 병원 입원을 했다. 신랑은 출근을 위해 병원에서 직장과 집으로 순회를 하였다. '결혼이 참 어렵고 힘든 거구나. 이런 거면 엄마랑 계속 살아야 했는데 왜 결혼은 해서 병원에 입원까지 했나….'라는 생각이 들었다. 나의 현실에서 벗어나고 싶어서, 조금은 자유롭게 살고 싶어서 결혼했는데… 나는 왜 어머니하고는 어렵고, 매 순간 내 마음대로 되는 일이 없지? 많이 생각하고 울었던 시기였다. 병원에 입원하고 있는 동안 스트레스와 피곤이 회복되었다.

드디어 기다리던 우리에게 첫째가 태어났다. 어머니의 옛날식 양육 방식으로 서로 힘들어지면서 결국 나는 회사를 그만두고 그다음 해에 둘째를 가지고서 다시는 어머니랑 공동양육은 하지 않을 거라는 생각에 어렵게 대출받아서 분가하였다. 신랑, 첫째, 뱃속에 둘째, 나는 우리만의 공간에서 우리만의 방식으로 아이들을 키우고, 먹이고, 재우며 육아에 전념하게 되었다. 아이들 유아 때는 진짜 힘들었지만, 다행히 아이들은 온순했다. 지금은 중1, 초4의 어엿한 학생으로 잘 성장하고 있다. 아이들이 앞으로 성장할 날은 한참이지만, 다시 생각해봐도 지금의 안정된 가정환경이 나에게는 최고의 선물이다. 앞으로는 우리 가족이 얼마나 성장할지 꿈꾸고 기대한다.

부모의
자리

신주아(48) ♥ 해를 품은 달

　오랫동안 햇살을 받아 본 적 없는 사람처럼 병원과 집을 오갔다. 눈을 뜨면 아이들이 새벽 일찍 밥을 먹고 학교에 가고, 남편은 출근했다. 따뜻한 밥 한 그릇이라도 먹고 아이들이 학교에 가길 바랐다. 언제고 내 자리가 비워질 날이 오리라는 생각을 몇 차례의 수술로 예감하게 되었다. 눈을 비비면서 일어나는 아이들은 졸린 잠을 물리치기가 어려운 듯 푸시시 일어난다.

　큰딸은 언제나 그랬듯 깨우기 전에 일어나기도 하고 부르면 언제나 기다렸다는 듯이 초롱초롱한 눈으로 일어나는 신기한 아이다. 아기 때부터 그랬다. 등에 업고 있어도, 내가 수업을 들어도, 어디를 가도 쿨쿨 잘 자고 있어서 내가 신경 쓰지 않아도 되는 드문 아기였다. 엄마의 수고를 늘 덜어 주어서 지금 생각해 보면 늘 고마운 아이다.

　말이 별로 없는 따뜻한 아이 둘째는 말없이 잘한다. 무엇이든 해야 한다고 말을 하면 그냥 말없이 일어나 스스로 한다. 참으로 기특

하다. 뜬금없이 스티커를 가지고 와서 예전에 우리가 어디를 가서 그때 엄마가 참 좋아했다고 말하면 스티커를 챙겨주는 마음이 따뜻한 아이이다. 사실 대답은 해도 나는 다 기억하지 못하기도 한다. 나이를 먹어서 그런지 요즘은 더 자신이 없다. 남들이 말하는 건망증은 아닌 것 같다는 생각에 가끔 혼자서 불안해하기도 했다. 이럴 땐 아이들이 있어서 여간 고마운 게 아니다.

중학생이 되면서 갑자기 키가 크고 여드름이 나고 새로운 친구들과 다른 환경 때문에 그런지 갑자기 말수가 많이 줄어들었다. 내색은 하지 않았지만, 걱정되었다. 이제 2학년이 끝나고 3학년이 되어가면서 무언가 하고 싶은 것이 생긴 걸까? 관심이 있는 것이 많아지면서 자주 웃기도 한다. 가끔 도와달라고 얘기를 하면 아무 말 없이 척척 해내는 모습이 고맙게 여겨진다. 언제나 옆에 있으면 든든한 녀석이다.

아침마다 일찍 일어나 출근하는 남편은 꼭 인사를 마주하고 간다. 아이들과 같이 밥 먹는 시간을 가장 좋아하는 것 같다. 요즘은 아이들이 커서 함께 밥 먹기가 어렵다. 그래도 가끔 함께 밥 먹을 땐 아이들에게 "이거 먹어, 저거 먹어." 하며 웃는다. 그럴 때 보면 남편은 제일 기분이 좋은 것 같다. 우리는 이렇게 같이 밥을 먹으며 즐겁게 지낸다.

고마워요, 나의 남편.

온전한
나로 살기

이수미(36) ♥ 직업이 N개인 아내 그리고 엄마

    내 인생에서 가장 중요한 키워드는 '성장'이다. 나만의 성장이 아닌 우리 모두의 성장! 나는 직업이 여러 개다. 동기부여 강연가, 라이프 코치, 아나운서, 크리에이터, 작가, 사업가…. 그리고 아내이자 엄마이다. 이 모든 걸 담아내 하나로 표현할 수 있는 단어가 있을까?

    이렇게 직업만 쭉 나열해도 "어떻게 그 일을 다 하세요?" "그 에너지는 어디서 나오나요?" 호기심 어린 시선과 안쓰러운 시선이 공존한다. 성장하기 위해서는 애벌레가 나비가 되는 과정처럼 힘겹게 허물을 벗어야 하고 자신과의 싸움과 끊임없는 성장이 필요하다.
    목표가 있을 때 우리는 모든 에너지를 쏟아내고 몰입한다. 이 '몰입'의 시간은 누구에게도 방해받지 않고 오롯이 온전히 나로서 누리는 시간이다. 그런데 결혼하고 나서는 이 몰입의 시간을 만나기 위해서는 외로운 싸움이 필요하다.

    결혼하자마자 대학원에 입학했다. 공부를 썩 좋아하지 않는 나지만 더 많이 나누기 위해, 나를 만나는 사람들에게 더 좋은 것을 선물하기 위해 공부하기로 마음먹었다. 대학에서 관광학을 전공한 나는 교육공학이라는 분야가 매력적이었지만 적응하는 데 쉽지 않았다. 교육학적인 베이스가 전혀 없었고 더군다나 '공학'이라는 단어는 왠지 무겁게만 느껴졌다. 두 번의 출산과 두 번의 유산을 경험하면서도 이 공부를 놓지 못한 이유는 엄마인 동시에 이수미라는 사람이 어떤 사람인지 잊고 싶지 않았기 때문이다.

원하는 걸 이루기 위해서는 절대적인 시간 확보가 필요했다. 새벽 다섯 시 기상, 반복해서 학습하는 힘, 모르는 걸 물어보고 혼자서 해결할 수 없는 건 도움을 구하는 것. 어느 것 하나도 쉽지 않았다. 하나를 하기에도 벅찬 일을 여러 개 하기 위해서는 단단한 마음과 이기적인 마음이 필요했다.

새로운 도전의 갈림길에 설 때마다 자책하기도 한다.
'놓아 버릴까?'
'누구를 위해서? 무슨 부귀영화를 누리려고?'

그때마다 나를 움직이게 하는 건 보다 나은 선택이었다. 그리고 나를 믿는 것. 지지해주는 가족에게 감사한 마음을 갖는 것. 나의 성장, 가족의 성장, 커리어의 성장은 함께 가는 것이다. 나의 공동체이자 파트너인 남편과의 에너지를 조율하는 것. 그리고 조화롭게 살아가는 것. 매 순간 나를 오롯이, 온전하게 살게 하는 힘이다.

내 안에
숨어있는 재능

오주원(53) ♥ 행복플래너 & 힐링박스미디어 대표

'함께 배우며 사랑하며'라는 아름다운 가치를 즐기는 나에게 '응답하라, 3040주부!' 커뮤니티를 만나게 된 것은 신의 축복이다. 10년 전 출판사에서 청소년의 꿈과 관련해서 글을 써달라고 찾아왔었는데, 글쓰기 코칭 없이 혼자서 목차만 쓰다가 중단한 적이 있었다. 새내기 주부지만 양육과 살림을 하면서 경제활동을 하느라 시간에 쫓겨 사는 워킹맘이었다. 산속에 들어가 두세 달이라도 집중해서 써보면 매일 써놓은 글들을 정리할 수 있을까 싶다가도 결국 출판을 포기하곤 했다. 그래도 책을 출간하겠다는 꿈이 있었기에 블로그를 시작으로 페이스북, 카카오스토리에 남겨진 좋은 글들을 읽고 쓰며 내 삶의 흔적들을 기록한 지 17년이 되어간다.

나를 둘러싼 주변 환경 속에서 자연스럽게 불린 호칭 중 '아내'라는 호칭이 가장 행복하고 의미 있게 다가온다. '아내'의 자리가 인생 전반기의 삶에서 가장 큰 역할을 해왔다면 '부모'라는 역할은 또 다른 무게감을 갖게 했다. 부모가 되는 공부와 훈련을 해 본 적도 없이

가족해방일지

덜컥 결혼하면서 갖게 된 타이틀이기 때문이다. 행복한 결혼생활을 꿈꾸었지만, 직면한 현실적인 문제들과 새로운 관계 속에서 좌충우돌 부딪쳐가면서 문제해결을 했다. 그 과정 속에서 온갖 희로애락을 경험하고 세월을 보내다 보니 어느덧 '나의 본래 자아'와 '잃어버린 꿈'에 대한 생각을 하기 시작했다.

'내가 왜 태어났을까?', '하나님이 왜 나를 창조하셨을까?'라는 질문을 하기 시작하면서 갑자기 내가 어떤 사람인지 궁금해지기 시작했다. 두 딸아이를 임신했을 때 태교를 정성스럽게 하고, 좋은 엄마가 되기 위해 양육에도 최선을 다했지만 때때로 찾아오는 우울감을 달래야만 했다. 두 아이가 깊이 잠든 밤 시간을 활용해 다음(DAUM) VC로 교육 콘텐츠를 찾아서 글을 쓰고 올리는 온라인 작업에 도전했던 행복한 추억이 있다. 플랫폼에 콘텐츠를 등록하던 활동이 아이를 키우고 집안을 가꾸느라 집안에서만 갇혀있던 나에게 바깥세상을 바라보게 하는 유일한 '창'이 되었던 것이다.

사랑하는 아이들이 예쁘게 커가는 모습을 바라보는 것도 행복했지만, 내 안에 숨어있는 재능을 꺼내어 세상에 환원하는 일들은 또 다른 기쁨으로 다가왔다. 덕분에 아이들이 유치원에 가기 시작하면서부터 주어지는 황금 같은 시간을 알차게 보냈다. 나만의 일을 찾아서 경제적 자립을 해야겠다는 열망에 홈스쿨 영어 공부방도 시작하게 되었고, 육아와 병행하며 사회활동을 시작한 것이 창업으로 이어지면서 블로그 글쓰기에 열정을 갖게 되었다. 그 활동은 지금까지 17년간 이어져 왔다.

　꿈꾸고 행동으로 옮기며, 포기하지만 않으면 언제나 좋은 기회가 찾아온다는 것은 책 속에서나 나오는 명언이 아니라는 것을 새삼 깨닫는다. 53세에 출판을 결심하고 첫 발걸음을 내딛지만 응답하라 공저팀의 '주부도 경력이다'라는 신념이 대기만성형인 내 가슴에 불을 지핀 셈이다. 축복의 통로가 되어주신 '같이가치' 공저기획팀에게 응답하고 있으니 얼마나 행복하고 감사한 일인가?

인생 조교
시부모님을 그리워하며…

박재연(55) ♥ 1인 기업 재무컨설턴트

나는 1남 4녀 중의 막내딸로 태어났다. 엄마는 큰 가족을 이끌며, 매일 아침 일찍 5명 자녀의 도시락을 싸놓고 출근하시고, 귀가하여 바쁘게 저녁밥을 지어내셨다. 언니들은 그런 엄마를 돕는 일꾼이고 공부도 잘하는 딸이었지만, 나는 막내로 집안일에 책임을 지우지 않기에 밖에 나가 놀곤 하였다.

결혼 후 첫아기 100일째 되는 날부터 시부모님과 합쳐서 살게 되었다. 남편도 형제 중에 막내였지만 부모님 모시기를 원하였고, 남편의 뜻에 동의하여서 한 집 살림을 시작한 것이었다. 나이 드신 시부모님께 조금씩 양보하고 희생하며 사랑으로 잘 섬기며 화목한 가족으로 살 수 있을 것 같았다. 그러나 그것은 나의 잘못된 생각이었다.

같이 살면 원수가 된다는 말이 딱 맞는 거 같았다. 시부모님은 나의 허물을 들추어내었고, 나도 시부모님을 못마땅해하며 작은 일에서부터 다툼이 일어나서 싸우는 일이 잦아졌다. 나는 하루 3끼니의 식사를 시간에 맞춰서 차려야 했고, 끼니마다 같은 반찬은 안 되고, 외출도 눈치를 보면서 해야 했으며, 명절에는 혼자서 명절 음식을 차려내었다. 정말 결혼 전에는 상상도 못 할 고달픈 인생의 훈련이었다. 더군다나 남편은 퇴근 후에 TV만 볼 뿐 시부모님과 나 사이의 다툼에 참견도, 중재도 하지 않았다.

이렇게 살려고 한 것이 아니기에 많이 울었다. 얼마나 내가 못된 면이 많은지…. 얼마나 부모님 공경하기를 싫어하던지…. 내 맘대로 살기를 원하던지…. 남의 허물을 덮어주지 못하고, 까탈을 부리는 자인지…. 내가 모르는 나를 발견하게 되면서 정말 많이 울었다. 착한 줄로 알았는데 아니었구나!!! 그러나 포기할 수는 없었다. 울면서 하소연하면서 마음의 그릇을 넓히고, 용서하는 법을 배우기 시작하였다.

맘에 없는 행동은 시부모님의 마음을 움직일 수 없음을 알기에 나부터 하나하나 맘을 고치며 섬겨드렸고, 용서를 구하였다. 그리고 사랑을 말로 표현하고, 또 하였다. 시간이 흘러 친정 부모님보다, 친자식보다 더 사랑하는 관계로 변화하여 시아버지께서 병원에 가실 때는 함께 가며 손을 꼭 잡아 드리고 맛있는 거 사 먹으며 데이트를 하고, 시어머님 또한 낮은 자존감으로 마음이 시끄러운 분이셨지만 며느리의 사랑과 인정을 받아들이고 평안을 찾으셨다.

가족해방일지

지금은 두 분이 하늘나라에 가서서 볼 수 없다. 두 분이 그리운 마음에 길을 가다가 노인을 만나면 너무 반갑고, 애틋한 마음에 손을 잡아 드리고 싶다. 그리고 "오늘 식사 잘하셨어요?" "어디 아픈 곳은 없으세요?" 여쭙고 싶어진다.

나에게 마음으로 훈장을 달아주고, 스스로 위로하며 살아간다. 참 감사한 일이다.

메마른 자신에게
물을 주는 작은 도전

박주영(41) ♥ 두 아이의 엄마, 일상철학자

　둘째가 8개월 무렵이었다. 이제 막 기고 서기 시작하는 둘째는 첫째와 본격적인 갈등의 서막이 오르는 중이었고 나의 고통은 극에 달해 있었다. 끝도 없는 고래 싸움에 새우처럼 굽은 등이 터지려고 할 때 우연히 온라인 독서 모임에 초대받게 되었다. 아이 둘을 키우면서도 어떻게든 짬이 나면 책을 읽으려고 안간힘을 쓸 때였지만, 육아로 지치고 고된 상황에 독서 모임까지 참여하는 건 무리라고 생각했다. 신경 쓸 거리를 더 만들고 싶지 않아 거절하려고 했는데, 어차피 엄마들의 독서 모임이라 사정을 다 이해하니 부담 갖지 말고 편히 참여해보시라고 재차 권유를 받았다. 나를 위한 한 가지라도 하는 것이 숨통이 트일 수도 있겠다 싶어 용감하게 도전해보겠다고 했다.

　어느 것 하나 마음이 편치 않아 내내 눈물로 밤을 맞던 일상에 작은 기쁨이 내려앉았다. 뭐든 제대로 하는 것엔 소질이 없었는데 독서 모임만큼은 한 번 '제대로' 참여해보고 싶었다. 하루에 읽어야 할 분량을 읽고 짧게 소감을 남기는 일은 읽고 쓰기 좋아하는 나에게

최적화된 활동이었다. 각자의 상황과 입장에 따라 같은 책도 다르게 읽힌다는 것이 신선했고, 그 낯선 시선을 공유하는 것이 즐겁고 좋았다. 무엇보다 오직 '나만을 위한 활동'이라는 것이 메마른 존재감에 듬뿍 물을 주는 것만 같았다.

그때는 몰랐다, 그 작은 도전이 내가 성장하는 씨앗이 될 줄은. 독서 모임을 시작으로 3년에 걸쳐 점점 활동 영역을 넓혀갔다. 독서 모임, 치유 모임, 글쓰기 모임, 엄마들의 성장 모임을 차근차근 이어나갔다. 이제는 새벽 기상을 하고 독서와 글쓰기 루틴을 형성하며 하루를 채워나가고 있다. 아이들이 자라며 시간적 여유도 생겼지만, 나의 욕구를 돌보는 일이 충족되니 아이들에게 손이 필요할 때도 더 너그럽게 내밀어줄 수 있었다. 아이를 키우면서 이런저런 활동을 하는 것이 사치처럼 느껴지고, 때때로 내 욕심 때문에 아이들을 원망하게 되는 일도 있었지만, 그 시간들을 순조롭게 지나올 수 있었던 것은 오직 하나의 목표에 집중했기 때문이다.

잘 살고 싶었다. 내가 낳아놓고 나를 힘들게 한다는 이유로 아이들이 미웠고, 같이 낳아놓고 아이들에게 무관심한 남편도 미웠다. 낳아놓고 책임지지 못 하는 내가 제일 미웠다. 삶이 자꾸 안으로 곪아가고 있었지만 내가 바라는 것은 단 하나였다. 우리가 존중과 사랑을 나누는 가정으로 하나가 되는 것. 이렇게 미워하면서 끝을 바라보고 싶지 않았다. 돌파구가 필요했고, 우연히 선택한 독서 모임이 돌파구가 되었다. 알고 시작한 것은 아니었다. 그것이 내게 어떻게 유용할지 고민하지 않았다. 어려운 상황이라며 돌아서고 싶지 않았다. 책 속에 답이 있다면 찾고 싶었고, 함께하는 연내감 속에서 고독을 지우고 싶었다. 결국, 그것이 정말로 나를 살리고 성장하게 했다. 큰 변화는 아닐지라도 그 작은 도전 덕분에 나는 점점 달라지고 있고, 사랑하며 산다.

들어주고
헤아려 주는 일

김민숙(43) ♥ 놀고먹는 부자언니(놀부언니)

 2018년 4월. 따듯한 사랑이 싹트는 계절. 하늘은 맑고 봄바람 살랑 불어오는 어느 날. 나는 새하얀 웨딩드레스를 입고 하얀 드레스에 물들여 갈 멋진 남자를 향해 꽃길을 걸어가고 있었다. 내 심장이 미친 듯 요동치고 있고 내 손을 잡은 아버지 손에는 보내는 딸이 아쉽기라도 하듯 힘이 잔뜩 들어가 있었다.

 수원과 울산을 오가며 사랑을 확인한 우리. 2년의 연애를 끝으로 서로 품절남 품절녀가 되었다. 항상 서로를 아끼고 존중하며 이 행복 끝까지 느끼도록 노력하자고 약속했던 그때만 해도 이 세상을 다 가진 기분이었다. 평생을 내 편이 되어줄 든든한 사람이 생겼다는 게 38세 늦깎이 나이에 얼마나 기쁜 일이었는지 모른다. 그렇게 우리는 하나가 되었다.

 매일 아침 눈을 뜨면 든든한 내 사람이 있다는 기쁨도 잠시, 서로 다른 세상을 살다 만나 하나가 되어 가는 순간은 호락호락하지 않앉다. 연애 때는 알지 못했던 집안에서 살아가는 습관들이 보였다. 부부가 되어간다는 것은 서로의 부족한 부분을 서로 채워가는 것이라 했는데 서로의 단점들이 불만이 되기 시작했다. 40년 가까이 각자 다른 세계에서 살다 만났으니 그러려니 하다가도 잔소리를 하게 되는 것이다.

서운한 마음들이 하나둘씩 쌓이다 보니 며칠 전에는 이혼까지 생각하게 되고 극단적인 생각까지 하게 되는 상황에 이르렀다. '이 속상한 마음을 어떻게 표현해야 저 사람이 나를 알아줄까?' 하루 종일 물 한 모금도 마시지 못한 채 책상에 앉아 고민을 하고 또 했다. 억울한 마음에 눈물이 왈칵 쏟아졌다. 그러다가 화가 솟구쳐 목구멍이 따갑고 아프기까지 했다. 몇 시간을 그렇게 생각에 생각이 꼬리를 물고 고민한 결과, 이런 상황이 왜 생기게 되었는지 나 자신을 돌아보기 시작했다. 그리고 그 사람의 행동을 이해해 보려 했다. 결국, 인생에 정답은 없었다. 내가 상대를 이해하지 못했던 만큼 상대방도 이해하지 못했을 거라는 마음을 들여다보고 먼저 어루만져 주었더니 놀라운 변화가 시작되었다.

우선 내 마음이 아주 편안해졌다. 상대방이 인정받기 시작하니 변화되려 노력하기 시작했다. 이렇게 나는 성숙되고 어른이 되어가고 있다. 이런 경험들을 친구 선배 후배들과 나누다 보니 어느새 나는 연애 상담사가 되어 있었다. 시댁과의 불화. 남편과의 잦은 싸움. 남자친구를 이해하지 못하는 후배 상황. 이런 문제가 생기면 나에게

가족해방일지

연락을 해 온다. 이런 일들을 경험을 바탕으로 상담사를 권유받기도 했다. 누군가의 마음을 들어주고 헤아려 주는 일. 너무 뿌듯하다. 한 가정의 안주인으로 아내로 역할이 생기면서 또 다른 경험을 하게 되면서 인생 공부를 하게 될 줄이야…. 결혼 후 생긴 품어주는 마음이 '가정상담사'라는 새로운 도전을 준비하게 했다.

"아아… 그랬구나."가 가슴에서부터 흘러나오는 상담사.

그때는 없고
지금은 있는 것

박미현(42) ♥ 퍼스트유어스텝 대표

놀랍게도 퇴사에 대해서 지난 9년간 한 번도 후회한 적이 없다. 물론 '계속 다녔으면 어땠을까?' 생각해 본 적은 있다. 그때도 답은 같았다. 앉은 자리를 바꾸고 싶었고, 의미 있는 삶을 살아보고 싶었다.

퇴사 후에 하고 싶은 목표를 이루기엔 부족한 나를 발견했다. 마음만 먹는다고 되는 것이 아니란 것을 깨달았다. 그런데도 회사생활만 쫓기듯이 했던 생활에서 그동안 미뤄뒀던 소소한 로망들을 실현한다는 것이 꿈만 같았다. 그렇게 엄마가 되었다. 육아로 대부분 시간을 보내며 몰랐던 모습을 깨닫고 알아가는 시간을 보냈다. 엄마가 되니 개똥 철학자라도 된 기분이었다. '앞으로의 인생 무엇을 하면서 살까?', '내가 좋아하고 원했던 게 뭐였지?' 문득문득 아이와 함께하는 일상에서 퇴사 전과 같은 질문들이 반복되기 시작했다.

그 시절 방황했던 그 마음이 무엇이었는지 알아주는 것과 같은 위로를 책에서 발견해 나갔다. 해보지 않으면 몰랐을 직장인의 삶, 조직문화, 멘토가 있었으면 했던 절실한 순간들, 직장 후배들에 대한 애틋함. 이런 감정들을 느낄 수 있는 시간이 나에겐 공부였다. 그때를 밑천 삼아 조금은 성숙해졌고 결국엔 다른 삶을 꿈꾸게 되었다. 나를 돌아보고 고민했던 그때가 있었기에 지금의 내가 있음을 잊지 않는다.

오랜 꿈이었던 엄마 작가가 되었다. 퇴사한 지 9년의 세월이 흘렀고, 엄마가 된 지 8년 차 접어들었다. 지금 내가 하는 일은 경험을 지식화하고 파는 일이다. 그 속에 숨어있는 의미와 가치를 알리기도 한다. 정체성을 찾고자 고민했던 시간은 아내에서 엄마로 역할이 바뀌면서 자연스럽게 자리를 잡은 듯하다. 경험의 가치에 대한 의미를 깨닫기만 한다면 껍데기를 깨고 날아오를 수 있다는 교훈이 마음속에 심어졌다. 마음만 먹는다고 되는 것이 아니란 것을 느꼈던 그때는 발걸음을 옮길 길을 찾을 수 없었다. 지금도 눈앞이 가끔 흐려진다. 다만 내디뎌 보는 발걸음에 의미를 두게 되었다.

어떤 수식어보다도 엄마라는 이름을 가지게 된 그 시점, 그 시작이 있었기에 지금의 난 아이와 엄마의 동반성장을 바라는 엄마로 성장할 수 있었다. 더 나아가 그런 생각을 가진 엄마들과 함께 성장해 나가는 삶을 꿈꾸는 사람이 되지 않았을까. 육아에 지쳐 정체성까지 흔들렸던 그 시기는 어느새 추억이란 이름표를 달았다. 힘든 순간마다 그 시절을 다시금 되새겨보려 노력한다.

힘들었지만 잊지 못할 경험을 쌓아갔던 그 시절이 지금은 힘을 주는 시기였다는 것을 알기에. 엄마라는 이름이 시작된 인생의 그 시점이 소중한 시작이었기에. 그때는 흔들렸던 믿음과 확신이 지금은 힘이 되고 있음을 의심하지 않기에 오늘도 한 발짝 내디뎌 본다.

결혼
이야기

최지유(만 39세) ♥ 어린이집 교사

    신랑과는 10년 동안 친구로 지내다가 3년 전에 부부의 연을 맺게 되었다. 2022년 5월 7일 부산 가정성당에서 결혼하였다. 부산에서 초등학교, 중학교, 고등학교, 대학교, 모두 졸업한 신랑을 따라 수도권에 있는 가족과 친구들을 다 떠나 새로운 곳에 보금자리를 잡았다.

    결혼한 지 1년이 다 되어간다. 시간이 참 빨리 간다는 생각이 든다. 미혼일 때는 결혼생활이 참 궁금했다. 그래서 결혼하신 분들께 종종 결혼생활에 대해 여쭤보았다. 결혼 선배님들의 말씀들을 들어보면 대부분 "늦게 결혼해라.", "안 하면 더 좋다." 이런 말씀들이 많았다. 농담 반 진담 반이었다. 그래도 다들 행복해 보였다. 미혼이었던 나는 결혼하신 분들이 안정적으로 보였다.

    시간이 흘러 나도 짝을 만나 결혼식을 올렸다. 드디어 기혼자로서 결혼생활이 시작되었다. 정말 궁금했던 결혼생활. 무엇이 달라졌을까? 정말 신기하게도 결혼 후 달라진 점은 아무것도 없었다. 함께 일상생활을 보내고 일주일에 한 번씩 시댁 가는 것, 친정 식구들과 함께하는 것에서 신랑과 함께하는 것으로 달라졌을 뿐이었다.

결혼생활 역시 매일 반복되는 일상을 살아가는 것이었다. 어떤 날은 행복하고 어떤 날은 신랑이랑 다투고 어떤 날은 그냥 그러하였다. 그래서 결혼 후 주변 사람들이 이런 질문을 할 때가 곤욕스러웠다.

"신혼생활 어때?" 이런 질문을 받을 때면 웃기만 하였다. 물론 신랑이랑 사니까 소소한 즐거움들이 있었다. 그렇다고 내 인생이 확 달라진 건 아니었다. 결혼생활은 그저 일상생활을 함께 나누는 것이었다.

2023년 1월 말부터 하혈을 하게 되었다. 자궁 내막 쪽이 보통 크기보다 두껍다고 하였다. 용종도 있었다. 시술 후 예쁜 아기도 생겼으면 좋겠다. 신랑도 나도 예쁜 아기를 기다리고 있다.

아직 태어나지 않은 우리 미래의 아기야.
우리 가까운 날에 만나자.
사랑해.

가족해방일지 ◆

세상이 행복해지기를
바라는 마음에

유유정(63) ♥ 재주꾼 주부, 아내

"어느새 이 나이가 되었네!" 흔히들 "해 놓은 것도 없는데 나이만 먹었어."라고 한다. 삶의 여정을 허무하게 느끼는 어르신들의 이야기다. 지금 내가 그 말을 하고 있다. 나보다 어른이 계셨는데 언제부터인가 내가 어른이 되어 있다. 어른이 되어 있는 난 젊은이 같은데 말이다. 누구의 딸, 조카로 있어야 하는 내가 집안에서 제일 어른 측에 있다니. 갑자기 나이 많은 어른 같이 행동을 해야 할까? 갈피를 잡기가 어려워진다. 어떤 모습이 어른일까? 늙은 모습? 궁금하다. 어른은 어른다워야 한다고 말한다. 나이가 더 들면 '어르신'으로 바뀔 텐데 난 어떤 행동을 해야 하지?

아이를 키우고 젊은 주부로 살아가는 동안 흰머리의 내 모습을 상상해 본 적이 없이 살아왔다. 그래서일까. 지금의 내 모습에 적응하기 싫어진다. 살다 보면 어른이 되겠지…. 하며 단순하게 생각했다. 관계 속에서 흔들리며 고충을 나름 겪어가며 스스로 마음이 커지는 경험에서 어른이 된다. 하지만 스스로 문제를 해결하고 깨우치는 동안 힘들고 아픈 문제의 강도는 개인차로 다르게 나타난다. 모든 것이 내 마음에서 일어난다. 다른 사람을 미워하고 좋아하는 것도 내 마음에서 일어나고, 속상한 마음도 내 마음에서 일어난다. 마음속에서 일어나는 일들과 생각들을 다른 사람은 전혀 모르는 경우가 많을 것이다. 그래서 나를 모르면 인생살이가 쉽지 않다고 한다.

가정생활도 마찬가지다. 주부는 힘들고 어렵고 때로는 고통이라고 하는 시간과 함께한다. 아내라는 자리, 엄마라는 자리, 며느리와 딸이라는 자리…. 그 자리를 지키고 몇십 년을 이어간다는 것은 쉽지 않은 일이다. 부부가 50년, 60년을 함께 살아간다는 것 역시 쉽지 않은 일이다. 하지만 나를 알고 지혜로운 사람이 된다면 어려움을 헤쳐 나갈 수 있지 않을까?

"서로가 마음이 안 맞아."라고 말한다고 하자. 그것은 서로 배려가 필요하고 이해가 필요하다는 것이다. 누군가 한 사람이 좋은 방향으로 변화를 준다면 상대도 변할 것이다. 행복하기 위해서는 노력해야 한다. 행복도 노력한 만큼 행복을 준다. 행복을 느끼는 것도 습관 이이기에 작은 것부터 행복을 느끼는 습관을 들인다면 분명 행복이 또다시 나를 찾을 것이다. 습관적으로 나에게 행복하다고 이야기해주며 아주 작은 것부터 감사함을 외쳐본다.

나를 위해서 내가 경험하며 살아온 결과를 글로라도 짧게 표현할 수 있어 감사한 오늘이다.

반짝반짝 빛나는
커리어 우먼

이효정(34) ♥ 엄마들의 자신감, '맘피던스' 대표

"엄마, 엄마는 꿈이 뭐였어요?"
"엄마는 꿈이 엄마가 되는 거였어."

'…꿈이 대체 '엄마'가 뭐람?'

어렸을 때는 우리 엄마가 특별한 꿈이 없는 사람이라고 느꼈다. 나는 이렇게 별 볼 일 없는 전업주부가 되고 싶지 않았다. 반짝반짝 빛나는 커리어 우먼을 꿈꾸며 살아왔다. 우리 엄마도 꾸준히 나를 그렇게 응원해오셨다. 안정적인 직장에서 자신의 꿈을 이뤄가며 행복하게 살아가길.

지금 나는 세상에서 가장 안정적인 '가정'이라는 울타리 안에서 우리 엄마의 과거 꿈과 소망을 새삼 느껴본다.

'우리 엄마도 우리가 이렇게 건강하기만을 기도했을까?'

'우리 엄마도 밥상을 차리며 사랑을 듬뿍 담고 싶었을까?'
'우리 엄마도 이렇게 이유 없이 우울한 나날들을 견뎌내신 걸까?'
'우리 엄마라면, 이럴 때 어떻게 하셨을까?'

우리 엄마는 내가 감히 상상할 수 없는 넓은 그릇을 가지셨더라.
아내가 되고 엄마가 되어보니 비로소 알겠더라.

정직하고 건강하게 살면서 가족들에게 안정적으로 무한한 사랑
을 나눠주는 엄마이자 아내. 그 모습이야말로 내가 이루고 싶은 나
의 꿈이 되었다.

한 발짝 한 발짝 우리 엄마를 닮은 사람이 되려고 노력해본다.
우리 엄마의 품을 닮은 따뜻한 울타리를 만들어 보려고 노력해
본다.

'우리 엄마'
둘도 없는, 나의 최고의 커리어 우먼이다.

금쪽같은 ◆ 아이

1

우애 있게
잘 지내는 법

동생과
다투지 않는 방법

김성원(12) ♥ 말하기 좋아하는 순수한 영혼

나에게는 주원이라는 남동생이 있다. 주원이와 함께 지내보면서 우애라는 것에 대해 잘 알게 되었다. 내가 생각하는 우애란, 형제, 자매 사이에 서로 사랑하고 아끼는 것이다. 이렇게 우애가 생기면서 우리는 서로 위로해주고 아끼는 것들도 내어줄 수 있게 되었다.

내가 엄마 아빠께 혼났을 때 주원이가 위로해주어 큰 힘이 되었고, 나도 주원이가 기분이 안 좋을 때 달래주며 주원이가 갖고 싶어 하던 나의 팝잇 스피너를 주었다. 조금 아깝기도 했지만 주원이가 기뻐하니 기분이 참 좋았다.

한번은 이런 일이 있었다. 내가 숙제하고 있는데 주원이가 색종이 접기를 하다가 어려워서 나에게 도와달라고 했다. 숙제를 빨리 마칠지, 주원이를 도와줄지 선택의 갈림길에 서게 되었다. 나는 사랑하는 동생을 먼저 도와주기로 마음먹었다. 남은 숙제를 하느라 좀 늦게 잤지만, 동생이 내가 만든 것을 갖고 즐겁게 노는 모습을 보니 기쁘고 잘한 결정이라고 생각했다.

그렇지만 역시 자매, 형제 사이에 싸움이란 없을 수가 없다. 사실 나도 주원이와 다툴 때가 있다. 반숙 달걀이 하나, 나머지는 달걀은 완숙일 때 서로 반숙 달걀을 먹겠다고 다툰 적이 있다. 또 가끔 주원이가 내 물건을 망가뜨릴 때는 화가 나서 때리고, 서로 몸싸움을 하기도 한다.

이렇게 싸움이 생길 때는 일단 멈추고 거리를 두어야 한다. 이럴 때 붙어있으면 싸움이 더 심해진다. 서로 기분이 풀리고 미안해지는 타이밍을 기다렸다가 먼저 다가가 "네가 내 물건을 망가뜨려서 화가 났어. 미안해." 하고 사과한다. 그러면 동생은 사과받아주고 자기도 사과하며 서로 오해를 풀곤 한다.

제대로 사과하는 것도 중요하지만 사과할 일을 만들지 않는 것도 중요하다. 그러려면 서로를 배려해야 한다. 만약 나와 동생이 보고 싶은 TV 프로그램이 다르면, 일단 우리에게 유익한 프로그램이 무엇인지 생각하고, 다음은 시간과 순서를 상의하면 된다. 또는 서로 갖고 놀고 싶은 장난감이 똑같은데 하나밖에 없을 때, 가위바위보로 결정하는 것은 조금 유치하고, 우리 둘 다 안 갖고 놀기는 아쉽다. 이럴 때는 한 사람이 먼저 이 장난감을 갖고 노는 대신 다른 것을 들어주기로 서로 제안해 본다. 계속 이야기하다 보면 둘 다 좋다고 하는 의견이 나온다. 그러면 그 결정을 따른다.

가족해방일지

이렇게 다툴 때도 많지만 동생이 좋아하는 모습을 볼 땐 마치 선생님이 제자를 바라보는 것처럼 나도 뿌듯하다. 그리고 또 주원이가 잘 성장하는 모습을 보면 부모님의 마음이 이해되는 것 같기도 하다.

나에게 동생이란, 가끔 날 기분 나쁘게 하고, 다투기도 하지만 사랑스럽고 항상 내 편이 되어주는 귀염둥이인 영원한 단짝이자 친구이다.

혼자가 아니라
둘이라서 다행이다

이하연(11) ♥ 강아지 박사 이하연

　　3살 때 여동생이 처음 생겼다. 처음엔 동생이 좋았는데 내가 나이가 들수록 동생이 불필요해졌다. 계속 나를 따라 하고 특히 주말엔 동생이 아침에 일어나면 자꾸 날 깨운다. 난 그런 동생이 이해되지 않는다. 엄마에게 자꾸 잘 보이려고 하고, 나를 괴롭히고, 자주 우는 척을 한다. 매번 동생이 엄마에게 나를 떠넘기면 내가 혼나는 게 억울했다.

　　동생은 자기 마음을 잘 표현해서 스트레스를 많이 받지 않는다. 하지만 나는 성격이 엄마를 닮아서 하고 싶은 말을 잘 못하고 속으로 삼키는 편이라 많이 화가 난다. 내가 강아지랑 놀고 있으면 내 등에 올라와 나를 괴롭힌다. 가끔 친할 때도 있지만 거의 안 친하다. 나는 이런 생각을 해본다. '동생이 없으면 얼마나 행복할까?' 그러면 괴롭힘도 없고 좋을 것 같다는 상상을 해본다.

　　하지만 외동인 친구는 동생이 있었으면 좋겠다고 한다. 나는 동생 대신 고민을 들어주는 착한 언니가 있었으면 좋겠다. 언니가 있으면 내 얘기도 들어주고, 공부도 도와주고, 같이 놀 수 있기 때문이다. 다시 과거로 돌아가서 나와 동생의 영혼을 바꾸었으면 좋겠다. 그러면 내가 동생이기 때문이다. 다른 친구는 언니와 동생이 둘 다 있는데 언니보다 동생이 좋다고 한다. 그래서 내가 좋은 것인지, 나쁜 것인지 잘 모르겠다.

만약 엄마와 아빠가 계시지 않는다고 생각하면 그렇게도 밉던 동생이 있는 것이 더 좋을 것 같다. 왜냐하면 혼자보단 둘이 낫기 때문이다. 만약 부모님이 없으면 동생이 있어야 할 것 같다. 나는 동생이 싫지만 어떨 때는 필요하다. 특히 같이 놀 때와 작전 짤 때에 필요하다.

이런 동생이 부하가 되었으면 좋겠다. 왜냐하면 언제나 내가 이거 해라, 저거 해라 할 때 다 하기 때문이다. 놀이나 게임을 할 때, 동생과 서열을 정하는 것이다. 동생이 부하가 되면 나의 지시를 받는다. 맛있는 것을 먹을 때에도 나에게 먼저 허락을 받고 먹고, 물건을 선택할 때도 내가 먼저 한 후에 동생이 선택하도록 한다. 동생이 태어나기 전에는 모든 것이 나의 것이었다. 그때처럼 돌아가면 나의 기분이 신날 것 같다. 내가 기분이 좋아지면 미워 보이던 동생도 예뻐 보인다.

옛날 사진을 보면 나와 동생이 잘 놀고 있는 사진이 대부분이다.

미국으로 와서는 놀이터와 밖에서 말이 통하고 놀 친구가 없어, 우리는 함께 논다. 동생이 없었다면, 혼자여서 심심했을 것이다. 모래에 앉아서 각자의 성을 만들고 구불구불한 미끄럼틀을 함께 탈 때 즐겁다. 누구보다 지금 미국의 힘든 생활을 잘 이해하는 것도 동생이기도 하다. 학교 놀이터에서 동생 친구들이 동생만 빼고 놀 때는 난 너무나도 속상했다. 같이 놀자고 말해주고 싶었다. 새로운 환경에서 같이 생활하고 한국말이 통하는 동생이 있기에 감사하다. 혼자가 아니라 둘이라서 정말 다행이다.

동생이랑
같이 잘 지내는 법

김민환(9) ♥ 밝고 빛나는 김민환

안녕! 나는 9살 민환이야. 내 동생은 6살 여동생인데, 옛날에는 귀엽고 사랑스러웠지만 지금은 짜증이 많고 말을 예쁘게 안 해. 동생이 있으면 좋은 점도 있지만 불편할 때도 있어. 자기 마음대로 안 되면 짜증을 내거나 때려. 내 장난감이 재미있어 보이면 물어보지도 않고 가지고 노는데, "소윤아, 이거 물어보고 놀아."라고 계속 말하기도 힘들고 듣는 동생도 귀찮을 거야. 만약 동생이 5살이 됐으면 짜증, 때리기, 발로 세게 차기, 등 위에 올라가기, 울기를 점점 많이 하는 나이가 된 거야. 동생이 나를 때린 건 60번, 아니 실제로 한 행동을 모두 따지면 900번은 될 거야, 아마도.

장난감으로 안 싸우려면 동생이 장난감을 잡았을 때 "안 돼!" 하고 갑자기 소리 지르면 안 돼. 혹시 질러 버렸으면 동생이 놀라서 울 수도 있으니까 사과하는 것도 좋아. 또 손에서 확 뺏어도 안 돼. 그럴 때 나는 아이디어를 충전하고 생각하겠다고 말했거든. 동생이 나를 때리면 엄마에게 이를 때도 있어. 그걸 고치려면 장난감을 빌려주거나, 빌려주기 싫으면 같이 놀자고 하거나, 빌려줄 수 있는 장난감을 동생에게 줘 봐.

하고 싶은 놀이가 다를 때는 시간을 정해서 노는 것도 좋아. 동생은 헬로카봇을 좋아해서 '차탄 놀이'를 하고 싶어 하는데 난 하기 싫어서 싸울 때도 있어. 그럴 때는 "(시계를 보고) 6번까지만 차탄 놀이를 하고, 다음은 오빠가 하고 싶은 놀이도 하자."라고 말하면 도움이 됐어. 혹시 숫자를 모르는 동생이 있으면 모래시계나 타이머를 이용하면 좋아.

동생이 있어서 좋은 점도 많아. 내 방에 불이 꺼져있을 때 혼자 가기 무서우면 동생을 불러. 그러면 동생이 "내가 가 줄 거야!" 하면서 같이 가니까 안 무섭고 용기가 생기더라고. 동생도 혼자 가기 무서울 때는 나를 불러. 이렇게 서로 도와주면 기분도 좋고 해결되는 것이 많을 거야.

동생이 치카하기 싫어할 때 난 '로켓 발사'라는 놀이를 만들어서 재밌게 치카해줬어. 그럴 때마다 많은 말을 해줬어. "아유 더러워. 언제 치카했어? 충치 벌레들 너희들을 없애주마!" 그럴 때면 동생이 웃으면서 재밌어해. 계속 아이디어를 내서 꼭 제목을 안 정해도 되고 아이디어로 놀이를 해도 돼. 난 우리가 같이 웃을 때가 참 좋아.

놀 때 서로 맞지 않는 부분도 있을 거야. 그렇지만 너무 동생 때

가족해방일지

문에 힘들고 귀찮았던 생각만 하지 말고 동생이 있어서 더 재밌게 놀 생각을 해. 이걸 안 하면 나중에 후회할걸? 누가 없으면 혼자 노는 게 지겨울 수도 있고, 또 누가 잡아줘야 할 때 아빠는 회사 가서 없고 엄마는 다른 걸 하고 있어서 내가 있는 곳으로 오지 못할 수도 있잖아.

동생을 사랑해야 한 가족이 되는 거야. 이미 가족이지만 항상 서로 배려하고 존중하고 사랑하면 우린 언제든지 함께 더 같이 재밌게 놀 수 있어. 이제 내가 알려준 대로 동생이랑 한번 재밌게 놀아봐!

할머니 밥

류이루아(23) ♥ 상상을 현실로 만든 작가

  우리는 삼 형제예요. 서로 생각하는 것도 다르고 좋아하는 것도 달라요. 그래서 가끔 불편하다고도 생각했어요. 적극적이고 친구들과 어울려 활동하는 걸 좋아하는 저는 혼자 다녀 본 적이 별로 없어요. 집에서는 동생들과 늘 같이 있다 보니 책을 읽을 때도 장난감을 가지고 놀 때도 함께 했어요. 특히 막내가 태어나고 말을 하지 못하는 아기였을 때는 따라다니며 필요한 것들을 제가 찾아주었어요. 그리고 여동생과 둘이 놀다가도 막내가 자다가 울면 벌떡 일어나 달려갔어요. 엄마는 막내가 태어나고도 건강이 회복되지 않아서 퇴원할 수 없었거든요.

  친할아버지와 친할머니는 언제나 맛있는 것을 챙겨주셨어요. 바쁜 일이 있을 땐 제가 언제나 동생들을 챙겨왔어요. 그래서 그런지 항상 동생들과 있는 게 당연한 일이었어요. 우리는 학교도 같이 등교하고, 깔깔거리며 웃고 재미있게 이야기하며 걸어가다 보면 친구들이 부르면서 몰려왔어요. 그러면 다 같이 등교하고 각자 교실로 갑니다. 친구들과 활동하는 것도 재미있었고, 동아리 활동할 때는 짝이 아닌 친구들과도 함께 할 수 있어서 재미있었어요. 하교 시간이 달라서 매번 동생과 만날 수 없을 땐 기다리기도 했어요. 친구들과 피아노학원 차를 기다려야 했거든요. 집에 가면 언제나 친할아버지와 친할머니가 기다리고 계셨어요. 마중 나오신 할머니 등에는 언제나 남동생이 업혀있었어요. 해맑게 웃던 남동생은 제 목소리만 나도 누나를 알아보는지 방긋방긋 웃었어요. 동생과 나는 배가 고파서 한 번에 마당을 가로질러 달려 들어갔어요. "할아버지, 다녀왔습니다." 인사와 동시에 "배고파요, 밥 주세요. 할머니.", "배고파요, 밥 주세요." 동생과 둘이 번갈아 가면서 할머니를 재촉했답니다. "그래, 그래. 밥 먹자." 할아버지도 웃으시면서 방에서 나오셨어요. "하하하~ 도훈아, 오늘 잘 놀았어? 누나랑 밥 먹자, 하하하~" 방긋 웃는 남생을 보며 여동생과 나는 웃었어요. 그리고 신나게 밥을 먹었어요. 어찌나 배가 고픈지 학교에 다녀오면 할머니 밥이 세상에서 제일 맛있었어요.

지금도 할머니 밥이 제일 맛있어요. 우리가 시골에 가면 큰고모네 가족들이 와서 같이 반겨주세요. 큰고모부과 큰고모와 시언이와 유찬이가 와 있으면 큰고모부과 아빠는 마당에서 숯불을 피워요. 그러는 동안 동생들과 둘러앉아 어떤 놀이를 결정하기도 하고 때론 이야기하고 서로 좋아하는 것들을 보여주기도 하고 알려줘요. 동생들이 이야기하는 걸 보면 정말 우리 때와는 다르게 더 많이 알고 활동하고 있다는 걸 알게 돼요. 동생들과 신나게 놀다 아빠와 큰

고모부가 부르시면 우리는 달려 나가요. 밖에서 나는 숯불고기 냄새에 이끌려 우리는 떠드느라 그동안 잊고 있었던 식욕이 살아나는 것 같아요. 동생들도 배가 고파서 벌떡 일어나서 먼저 나가려고 달려 나가요. 그러면 갑자기 신발 전쟁이 일어나요. 할머니네 집에 슬리퍼가 많이 없어서 먼저 나가는 사람이 차지하게 되거든요. 운동화를 신는 것보다는 슬리퍼가 편해서 우리는 서로 먼저 신으려고 달려 나가요. 여기서 가장 중요한 건 먼저 나가도 맛있는 고기는 같이 먹을 수 있다는 것이죠! 신발 전쟁을 한바탕하고 우리는 맛있는 고기를 먹으면서 누가 알려주지 않았는데도 알고 있다는 듯이 서로 마주 보면서 웃어요. 우애를 느끼는 순간 늘 함께했던 세상에서 제일 맛있는 할머니 밥이 또 먹고 싶어요.

민들레꽃

류채연(21) ♥ 상상을 현실로 만든 작가

주말이면 부모님과 함께 공원에 갑니다. 아빠는 돗자리를 깔고 누워 계세요. 언니와 저는 동생과 여기저기 뛰어다닙니다. 소나무밭 사이사이 커다란 민들레꽃이 활짝 폈어요. 노란 민들레꽃들 사이에 민들레꽃 씨앗이 하늘 사이로 날아갈 준비를 하고 있어요.

우리 삼 남매는 민들레꽃을 참 좋아했어요. 그중에 민들레꽃 씨앗은 우리가 가장 좋아하는 씨앗입니다. 누가 알려주지 않았는데도 우린 누군가가 먼저 발견한 사람이 서로에게 달려와서 알려줍니다.

이번에는 제가 먼저 발견했어요.
"언니, 민들레꽃 씨앗이야."
"어디 어디, 도훈아 가자."
우리에겐 가장 특종감입니다. 우리는 각자 더 신기한 걸 찾기로 했어요. 소나무밭 사이 여기저기 뛰어다니다가 커다란 민들레꽃밭을 발견했어요. 민들레꽃이 얼마나 큰지 저는 너무 갖고 싶어서 아빠한테 달려갔어요.

"아빠, 빨리 와요."

"제가 커다란 민들레꽃밭을 발견했어요."

"언니랑 동생이 오기 전에 빨리빨리 아빠가 꺾어줘요."

하지만 아빠는 잠이 들어서 일어나지 않았어요. 먼저 갖고 싶은 제 마음을 알았는지 엄마가 자는 아빠를 깨웁니다.

따뜻한 공원의 햇살에 깊은 잠에 빠졌던 아빠는 엄마의 목소리를 듣고 겨우 눈을 뜹니다.

"여보, 빨리 일어나요."

"아빠, 빨리요. 저기 커다란 민들레꽃 씨앗이 있어요. 저한테 꺾어 주세요. 제가 언니랑 동생한테 줄 거니까 오기 전에 저한테 꼭 꺾어 주세요."

"빨리 가봐요."

엄마의 재촉에 아빠가 드디어 일어나셨어요. 커다란 소나무밭 속에 민들레 씨앗은 활짝 피어 있었어요. 금방이라도 어디론가 출발할 것 같아요. 나무가 많아서 저는 들어갈 수가 없었어요.

그런데 아빠는 민들레꽃 씨앗을 보고,

"와, 제일 큰 건 아빠 거다." 하세요.

아빠의 말에 난 깜짝 놀라서,

"안 돼요! 아빠. 제가 발견했으니까 제일 큰 건 제 것이에요. 그리고 언니랑 도훈이 것도 있으니까 아빠는 마지막이에요." 했답니다.

가족해방일지 ◆

아빠는 조심스럽게 커다란 민들레 씨앗을 꺾어주셨어요. 저는 아빠에게 민들레꽃 씨앗을 받자마자 언니랑 동생을 불렀어요.

"언니, 빨리 와. 도훈아, 빨리 와. 민들레꽃 씨앗 제일 큰 거 아빠가 꺾어주셨어."

동생이랑 언니가 달려와요.

"우와, 엄청 크다."

동생과 언니에게도 씨앗을 주었어요.

우리는 함께 민들레꽃 씨앗을 불어요. 멀리멀리 날아가는 민들레꽃 씨앗은 여행을 떠납니다. 우리가 멀리멀리 보내주었어요. 우리 삼 남매는 서로를 바라보며 기분이 흐뭇했답니다.

이대로가
좋아

류도훈(16) ♥ 나답게 중학생

　얼마 전 중학교에 입학한 후 갑자기 키가 훌쩍 커지기 시작했다. 왠지 어른도 아니고 아이도 아닌 청소년이라는 이름이 나에게는 너무 낯설다. 부모님이 나에게 좀 더 집중해 주셨으면 좋겠다. 뭐든지 다 알아서 척척 하는 아이들은 별로 없을 것이다.

　어느 날 갑자기 훌쩍 커버린 나와 누나들에게 아빠가 "이거 해라, 저거 해라" 큰 소리로 말해서 무언가를 하고 있던 우리 삼 남매는 깜짝 놀라 아빠를 보게 되었다. 엄마도 당황하셨는지 "갑자기 왜 그래요? 깜짝 놀랐잖아요. 빨리 들어가서 쉬어요." 이러면 아빠도 멋쩍어하시면서 들어가신다. 엄마가 "사춘기 나이도 아닌데 아빠가 사춘기인가 봐? 깜짝 놀랐겠다." 이렇게 말씀하실 때 우리는 마주 보고 웃는다.

　어른들은 중학생을 사춘기라고도 하고 중2병이라고도 하신다. 어떤 게 정답인지 모르겠지만 난 별로 신경 쓰지 않는다. 엄마의 말대로 내가 잘하고 싶은 것에 집중하다 보면, 원하는 무언가를 얻게 된다는 생각은 변함이 없기 때문이다. 하지만 가끔 기운이 없고 집중이 안 될 때도 있다.

이런 감정을 무엇이라고 설명할 수 없어서 엄마한테 이런 감정을 뭐라고 하면 좋을지 물어보았다. 좋지도 나쁘지도 않으면서 또 우울하지도 기쁘지도 않은 지금의 마음이 이상하다고 말했다. 엄마는 "글쎄, 그게 뭘까? 자신이 하고 싶은 게 뭔지 좀 더 생각해 보면 어떨까?"라고 하셨다. 자신에 대해 꾸준히 집중한다면 경로를 이탈하는 일은 없을 거란 생각에 집중도 해보았지만 마음대로 잘 안되는 것 같은 기분이 늘 든다.

어른들은 청소년기를 누구나 거쳐 가는 과정이라고 이야기하지만 분명 낯선 모습의 내가 있다. 적응이 잘 안 되지만 분명히 적응해 가는 과정이 있을 것이고, 그 과정이 지금의 이 불편한 청소년기인 걸까 생각해 본다.

지금 내가 좋아하는 것을 꾸준히 하다 보면 나라는 정체성이 조금씩 단단해지는 것이라는 결론을 내렸다. 지금의 나와 잘 지내보고 싶다. 지금 이대로의 내가 어색하지만 좀 더 단단한 모습의 내가 되어 가는 과정이라고 생각해본다. 또한 이대로의 나와 잘 지내는 게 우애의 시작이라는 생각도 함께해 본다.

싸우기도 하지만
서로가 있어 좋은 우리

김민소(11) ♥ 노래에 흥미가 있는 나

　동생이 있어서 좋지만 조금씩 커가면서 싸우는 날이 많아져 속상했다. 싸우는 이유는 엄마 옆에서 서로 자겠다고 다투거나 좋아하는 채널을 먼저 보겠다는 것 때문이었다. 우리는 사이좋게 지내기 위해 규칙을 정했다. 그 이후 우리는 사이 좋게 잘 지내게 되었다. 첫 번째 규칙은 잠을 잘 때 매일 오른쪽으로 한 칸씩 자리를 이동하면서 자기로 했다. 어디에 누워야 할지 신경을 쓰지 않아도 돼서 이제 마음이 편해졌다. 두 번째 규칙은 좋아하는 채널을 보고 싶을 때는 TV 보는 시간을 30분씩 정해서 그날 해야 할 일을 먼저 끝낸 사람부터 각자 보고 싶은 것을 보기로 했다. 내가 좋아하는 프로그램을 마음 놓고 볼 수 있어 좋고, 동생이 보는 것도 볼 수 있어 일석이조다.

　나는 동생이 있어 의지가 많이 된다. 특히 어른이 집에 안 계실 때 동생이 같이 있어서 든든하다.

사랑스러운
눈빛으로 보자

구한결(10) ♥ 한결같이 다정한 오빠

내 동생에게 삐질 때도 있고 화낼 때도 있다. 가끔 울기도 한다. 하지만 내 동생은 세상에 하나뿐인 소중한 존재다. 사이좋을 때도 있고 신나게 놀 때도 있다. 여러분의 하나뿐인 형, 누나, 동생을 많이 사랑해줬으면 좋겠다. 나는 사랑해 줄 거라고 믿는다.

내가 동생과 친하게 지내는 방법은 일단 사랑스러운 눈빛으로 보는 거다. 그게 나만의 비법이다. 매일 하는 행동이나 웃는 모습이 얼마나 귀여운지 모른다. 동생이 나한테 안길 때 마음이 따뜻하게 충전된다. 나는 그래서 항상 동생과 사이가 좋다. 나는 동생이 언제나 예쁘다. 웃는 것도 우는 것도 먹는 것도 도망 다니는 것도 다 귀엽다.

오빠는
내 편

성민채(12) ♥ 그림을 사랑하는 어린이

6살 때 일이다. 놀이터에서 오빠와 함께 재미있게 놀고 있을 때였다. 그네를 타고 있는데, 어떤 모르는 아이가 갑자기 내 옆으로 오더니 소리를 질렀다. "야, 나도 그네 타고 싶으니까 비켜!" 큰 소리를 지르는 낯선 아이를 보는 순간, 난 깜짝 놀라서 비키려고 했다. 그때였다. 우리 오빠가 내 곁으로 오더니 "내 동생이 먼저 타고 있었으니까, 넌 기다려야지."라고 말해줬다.

오빠와 나는 4살 차이가 난다. 지금은 한창 사춘기를 겪고 있는 오빠라 요즘은 함께 놀지는 않지만, 예전에는 매일 같이 놀이터에 갔다. 그네도 밀어주고, 시소도 타고, 미끄럼틀도 타면서 정말 재미있게 놀았던 기억이 난다.

오빠가 5살 때 내가 태어났는데, 그때 오빠는 나를 정말로 예뻐했다고 한다. 분유도 먹여주고, 기저귀도 가져다주고, 자기는 힘이 세다면서 나를 안아주었다고 엄마가 말해줬다. 난 물론 하나도 기억

나지 않는다.

그랬던 오빠지만 중학교에 들어가면서는 게임을 하는 시간이 많아지고, 친구들과 놀러 다니는 시간이 많아지면서 나랑 놀 시간은 없다고 한다. 기껏 같이 있을 때는 맨날 놀리기만 한다. 아니면 그림 수행 평가가 있을 때 나더러 맨날 그려달라는 부탁만 한다.

가끔 미울 때도 있지만 그래도 심심할 때 오빠와 보드게임도 같이 하고, 온라인 게임도 같이 하면 즐겁다. 특히 엄마가 집에 계시지 않을 때 오빠가 없다면 정말 무섭고 심심할 것 같다. 비밀이지만, 수학 학원에서 내주는 수학 숙제가 어려울 때 오빠가 한 번씩 가르쳐줘서 쉽게 풀 수 있어 너무 좋다.

오빠를 생각하면 든든하다. 혼자라면 힘들었을 일이 잘 지나간 적이 많다. 그리고 오빠가 늦게 집에 들어오지 않으면 이상하게 많이 허전하다. 생각보다 난 오빠를 많이 좋아하는가 보다. 어렸을 때 놀이터에서 날 지켜줬던 그때부터 지금까지 오빠는 늘 내 편이다.

우리 동생
사랑해

신우솔 (14) ♥ 중학교 2학년

    보통의 형제자매들이라면 우애는 둘째치고 사이가 안 좋은 친구들도 많을 겁니다. 물론 우리 자매도 겉으로 보았을 때 그렇게 보일 것 같습니다. 우리 자매는 서로 5살 차이가 납니다. 나이 차가 적은 편은 아니죠. 그러다 보니 제가 동생을 많이 챙겨주고, 동생은 뭣 모르고 제 꽁무니만 졸졸 따라다니는 경우가 많습니다. 예를 들면 가끔 동생이 다니는 센터에서 주는 무거운 물건을 동생 대신 제가 나르는 일, 연극 학원에 동생을 데려다주는 일 등이 있겠네요. 물론 그 외에도 귀찮은 일들을 많이 하긴 합니다만.

    작년 가을에 동생과 둘이서만 에버랜드에 놀러 갔습니다. 지하철을 타고 갔는데, 물론 제가 동생을 데리고 다녔습니다. 동생은 제 뒤만 따라다녔고요. 어쨌든 큰 문제 없이 에버랜드에 도착했고 신나게 논 뒤, 집에도 무사히 돌아갔습니다. 이날은 에버랜드에 사람이 많았기 때문에 오히려 에버랜드까지 길을 찾는 게 모험하는 기분이어서 더 재미있다고 느꼈습니다. 이처럼 길 찾기도 충분히 하나의

가족해방일지 ◆

놀이가 될 수 있다고 생각합니다. 꼭 길 찾기가 아니어도, 익숙한 길도 관찰하며 걸으면 평소와는 약간 다른 느낌이 듭니다. 뭔가 모험을 한다는 느낌이랄까요? 마치 RPG 게임 속에서 맵을 돌아다니는 느낌도 들고, 저는 그럴 때마다 앞이나 휴대폰만 보며 걸어가는 사람들이 마치 게임의 NPC 같아 저만 이상한 존재가 된 것처럼 느껴집니다.

동생 이야기로 돌아오자면, 평소엔 동생이 귀찮고 시끄럽게 굴어서 짜증 나지만, 막상 동생이 없을 땐 약간 심심하긴 합니다. 동생이 없으면 놀릴 상대가 없기 때문이죠. 아마 전국의 언니 오빠들 중 91%가 동생 놀리는 맛에 살 것입니다. 동생을 놀릴 때 동생의 반응이 재밌으면서 한편으로는 제가 놀리면서도 약간 측은한 마음이 들기도 합니다. 하지만 측은한 감정보다 재미가 몇 배는 더 크기에 계속 놀립니다.

그렇지만 꼭 놀리는 게 아니어도 2인 이상이 필요한 놀이를 하기 위해서는 동생이 필요합니다. 아이엠 그라운드 같은, 소위 술 게임이라고 불리는 놀이 말이죠. 물론 술을 마시진 않지만, 동생이랑 하면 꽤 재미있습니다. 어떨 때는 이 게임이 온라인 게임보다 더 재미있을 때도 있습니다. 가끔 동생은 귀찮기도 하지만 때론 의지 되고 든든한 존재가 되기도 합니다.

부모님은 때때로 말씀하시고는 합니다. "너와 함께 살아갈 사람은 네 동생이란다."라고 말이죠. 정말이지 귀찮고 성가신 녀석이지만, 또 혼자 있는 것보다 둘이서 어떤 행동이나 놀이를 할 때 훨씬 더 즐겁습니다. 그것이 게임이냐 놀이냐 모험식 여행이냐를 불문하고 말이죠.

저는 츤데레인지도 모르겠습니다. 어쩐지 귀찮지만 어쩐지 없으면 보고 싶은 녀석.
한마디만 하죠.
"딱히, 너라서 그런 건 아니야."

우리 언니
사랑해

신다솔(10) ♥ 초등학교 3학년

안녕하세요? 전 올해 10살이 되는 신다솔이라 합니다. 제가 토요일마다 하는 연극 소개와 놀이에 대해 이야기를 할까 합니다.

연극을 하는 날은 매주 토요일입니다. 거기에서 초등학생, 중학생, 또 잘 모르겠지만 고등학생일 수도 있는 언니 오빠들과 나이에 관계없이 연극 공연을 하고 있습니다. 이렇게 열심히 하다 보면 우리도 연극 선생님이 될 수 있을까요? 이곳에서 대사를 읽고 외우고 무대에서 연습하면서 우리는 연극 등장인물의 감정을 느낄 수 있습니다. 소품도 사용하는 경험도 할 수 있고, 노래하며 뮤지컬을 할 수도 있습니다. 어린이는 무대로 올라가 춤을 출 수도 있습니다.

이곳에서 놀이도 하는데, 샐러드 게임 같은 팀워크가 맞아야 이길 수 있는 게임 등이 있습니다. 초등학교 1학년부터 연극을 한 언니를 쫓아다니며 구경하다가 저도 7살 때부터 무대에 올라갔습니다. 언니와 연극을 하고 게임도 하면서 친해져 더 연극이 재밌었던 것 같습니다. 또 어떤 놀이를 했냐면 술래잡기나 숨바꼭질을 주로 했습니다. 가끔 다른 놀이도 했는데 자기의 이름표, 자기소개서를 쓰기도 했으며 또 다른 놀이는 젠가, 컵 쌓기 등을 많이 했습니다.

그 놀이들은 대부분 다른 사람과 협동을 해야 하는 게임으로 연극과 마찬가지로 자기 혼자 할 수 없다는 걸 깨달았습니다. 집에서 아이엠 그라운드를 언니와 하는데 4박자 하다 8박자 하다 이렇게 놀고, 컵 쌓기는 종이컵을 16개, 17개를 하나씩 많게 쌓습니다. 그리고 술래잡기는 집에서 못하니 밖에서 친구들 또는 언니랑 합니다. 숨바꼭질은 술래잡기처럼 밖에서 합니다. 만들기는 집에서도 밖에서도 많이 하고 있습니다. 샐러드 게임도 친구들과 하면 재밌습니다. 언니와 같이 연극을 할 경우 언니가 1층에서 기다려 주기도 합니다. 언니가 저를 버스를 태워서 데려다주기도 하고, 버스를 함께 타서 저를 데리고 집으로 올 때도 있습니다.

언니는 저를 잘 데려다줍니다. 언니는 정말 착하고 저를 잘 돌봐주고, 같이 다니면 안전하고, 과자도 사주고, 학원도 같이 가주고, 제가 아프면 센터나 학원에 전화해주고, 제가 피아노학원이나 발레학원이 안 끝나면 기다려 주며 저 대신 피아노학원과 발레학원 결제를 해 줍니다. 겉으로는 싫어하는 것처럼 굴지만, 사실은 저를 사랑하고 보살펴 줍니다.

연극도 놀이도, 혼자는 힘들고 재미가 없습니다. 우리가 사는 생활도 연극도 놀이도 서로 사랑하고 아끼고 협동하는 게 정말 좋은 게 아닐까 생각해 봅니다.

가족해방일지

가는 말이 고와야
오는 말이 곱다

최소원(14) ♥ 춤을 사랑하는 사춘기 소녀

동생이 갖고 싶진 않았지만, 어느 날 나는 언니가 되었다. 내 나이 5살이었다. 동생이 아기였을 때는 인형 같아서 너무 예뻤다. 내가 직접 분유를 먹여주기도 하고 기저귀도 갈아 주며 마음껏 사랑을 나눠주었다. 하지만 동생이 점점 커가면서 엄마의 관심과 사랑을 독차지하는 것 같아 미울 때가 많아졌다. 우리는 점점 싸우는 일도 많아졌다. 피아노를 칠 때나 TV 프로그램을 선택할 때 서로 의견이 다르면 어김없이 싸웠다. 특히 잠잘 때 엄마 옆에서 자려고 가장 치열하게 싸우는 것 같다.

그렇게 싸우다가도 죽이 잘 맞을 때도 있다. 동생이 미용실 손님이 되어 줄 때나 환자가 되어 줄 때는 세상 좋은 사이가 되어 놀았다. 나는 동생의 머리를 묶어주거나 옷을 직접 코디해줄 때 기분이 좋다. 혹시나 동생이 몸이 안 좋아 보이면 나는 엄마보다 더 동생을 살핀다. 옆에서 열도 재주고 약도 먹인다. 동생이 아플 때는 밉다는 생각이 전혀 안 든다. 먹기 싫어하던 밥도 내가 먹여주면 잘 받아먹는 동생이 참 예쁘다. 그럴 땐 내가 동생을 많이 사랑하는 것 같다. 그런데 왜 사랑하는 동생과 자꾸 싸우고 미워하게 되는 걸까? 어떻게 하면 동생이랑 사이좋게 지낼 수 있을지 생각해보았다.

몇 개월 전부터 동생이랑 화상영어 수업을 하고 있다. 나는 영어로 대화하는 것을 좋아해서 평소에도 자주 영어로 말한다. 하지만 동생은 영어가 서툴러 내가 영어로 말하면 잘 못 알아들을 때가 있다. 그래도 요즘은 실력이 늘어서 잘 알아듣고 상황에 맞게 대답한다. 말이 되든 안 되든 같이 영어로 대화하면서 많이 웃는다. 영어로 말을 할 땐 싸우지도 않는다. 싸울 만큼 실력이 되지 않아서인 것 같다. 좋은 생각이 떠올랐다. 영어로 대화하면 싸우는 게 어려우니까 평소에 영어로 대화하면서 놀면 싸울 일이 줄어들지 않을까? 최근에 동생과 영어로 대화하면서 놀았을 때 싸우는 일이 많이 사라진 것 같다.

가끔 동생이 나한테 함부로 대할 때는 머리끝까지 화가 치밀어 오른다. 동생과 싸울 때 엄마 아빠는 꼭 내가 오빠를 대하는 태도를 생각해보라고 말씀하신다. 생각해보니 나도 오빠한테 선 넘을 때가 있었다. 내가 오빠한테 잘 대해주면 동생도 나에게 더 잘할까? '가는 말이 고와야 오는 말이 곱다'라는 속담이 생각난다. 내가 먼저 상냥하고 다정하게 대하면 오빠나 동생도 나에게 그렇게 대해 줄 것이다. 서로 조금씩 양보하고 노력하면 우린 조금 더 우애 있는 삼 남매가 될 것 같다.

내가 생각하는
우애

이강규(16) ♥ 책벌레

당황스러웠다. 우애라니? 남매 사이에 우애라는 것도 있나? 우애는 '의좋은 형제' 같은 동화에나 나오는 단어가 아니었나 라는 생각이 들었다.

나는 곧바로 핸드폰을 켠 후 검색창에 자판을 두드렸다. '우애, 명사, 형제간 또는 친구 간의 사랑이나 정분' 나와 내 동생 사이에 들어가기에는 거리가 먼 뜻이 나오자 나는 할 말을 잃었다.

이런 생각이 드는 건 우리 남매뿐인가? 아니다. 내가 아는 형제, 남매, 자매 모두 '우애'와 거리가 멀어 보인다. 나는 다시 핸드폰 화면을 쳐다봤다. '형제간 또는 친구 간의'라는 문구가 눈에 들어왔다. 그렇다면 '우애'는 형제자매뿐만 아니라 친구 사이에도 있다는 건 아닐까? 어쩌면 '우애'는 꼭 사랑이나 정분 같은 낯간지러운 단어가 아닐지도 모른다.

나는 친구들과 장난도 치고, 고민도 들어주며, 힘들 땐 서로 도와주고, 가끔은 다투기도 하는 관계다. 나와 동생도 비슷한 관계가 아닐까? 단지 친구보다 함께 있는 시간이 더 많기 때문에 다투는 일도 더 많은 게 아닐까?

옛날에는 동생과 다투는 일이 거의 없었다. 기억을 끄집어 내보자면, 어릴 때 레고블록을 가지고 뭔가를 만들었는데 내 동생이 그걸 부숴버렸다. 지금 생각하면 화나는 일이지만, 그때는 또 만들면 된다고 했다.

사람들이 서로 친해질 때 처음에는 조심한다. 양보도 하고, 상대방의 심기를 건드리지 않게 노력한다. 하지만 친해진 후 어떠한 선을 넘게 되면 그 두 사람은 서로 장난도 치고, 고민도 나누며 힘들 때는 서로 도울 것이다. 그리고 가끔은 다투기도 한다고 생각한다.

나와 내 동생은 지금 그 선을 넘은 상태가 아닐까? 어쩌면 우리가 다투는 것은 지극히 당연한 일일지도 모른다.

기억난다. 우리가 다투기만 했던 건 아니다. 동생이 반장이 되었을 때, 나는 축하의 의미로 볼펜 한 자루를 사줬다. 만약 우리가 다투기만 하는 철천지원수였다면 이런 일은 없었을 것이다.

내 머릿속에서 그날 부서졌던 레고 조각들과 내가 선물했던 볼펜

이 움직이더니 '우애'라는 단어를 재정립했다. '우애'란 서로 장난을 치고, 고민도 들어주며, 힘들 땐 서로 도와주는 그리고 가끔 다투기도 하는 관계를 말한다. 그리고 나와 동생은 이 세상 그 누구보다도 더 우애 넘치는 남매이다.

동생과의
삶

사랑이(13) ♥ 엄마, 아빠 다음으로 동생이 좋은 첫째

　내 나이는 열세 살. 일곱 살 차이 나는 여동생이 하나 있다. 동생이 생기고 1~2년까지는 그냥 아무것도 모른 채 마냥 좋아하기만 했다. 지금 생각하면 '왜 그렇게 좋았을까?'라는 생각이 든다.

　나는 동생과의 삶을 6단계로 나눴다. 동생이 태어나고 1년, 모든 게 좋다. 동생이 하는 모든 게 그냥 다… 동생이 태어나고 2년, 아직까진 좀 귀엽다. 동생이 태어나고 3년, 이제 동생이 있을 때의 단점이 보이기 시작한다. 동생이 태어나고 4년, 슬슬 짜증이 올라온다. 가끔 짜증이 터질 때도 있었다. 그 순간은 동생의 좋은 점이 0.0000000000001퍼센트만 보이려 할 때다.

　그쯤 나와 엄마, 아빠는 아래 방법들을 실천해 보았다. 그렇게 해줘도 우리의 우애는 좋지도 싫지도 않은 정도였으나 시간이 지나 엄마와 아빠의 사랑이 느껴질수록 동생이 조금씩 예뻐 보였다. 그렇게 5년, 6년을 맞이하며 동생에 대한 마음이 처음 1년 때처럼 느

꺼지는 때가 늘어가고 있다. 그래서 그 방법들을 소개해 본다. 이 6가지 방법들을 꾸준히 하면 이 세상에서 동생이 제일 좋을 수 있을 것 같다.

첫 번째, 첫째에게 '나는 동생보다 너를 조금 더 좋아해'라는 말을 동생 뒤에서 해주자. 그러면 첫째는 부모님이 나에게 더 많은 사랑을 주시니, 사랑을 조금 나누어 주어야겠다는 생각이 들 것이다. 두 번째, 아이 한 명씩 데리고 놀러 가보자. 그러면 그 아이는 놀러 가는 날 덕분에 기분이 좋아서 다른 사람들에게, 가족에게 더 잘해 줄 수 있다.

세 번째, 우애 스티커 판을 만들어 주자. 그리고 우애를 쌓아갈 때마다 스티커를 붙여 주고 스티커를 다 모으면 각각 보상해주자. 그러면 보상을 위해 원래 쌓을 수 있는 우애보다 더 많은 우애를 쌓을 수 있다. 네 번째, 손 편지를 써주자. 손 편지는 마음을 전할 수 있는 수단이다. 손 편지를 많이 써주다 보면 부모님의 마음도 더 잘 알 수 있고 더 잘 이해하여 형제에게 조금이라도 더 잘해 줄 수 있을 것이다.

다섯 번째, 물건의 주인을 확실하게 알려준다. 형제가 있는 사람들은 알겠지만, 형제는 물건 때문에 싸우는 경우가 많다. 하지만 물건의 주인을 제때 제대로 알려주기만 한다면 물건을 중심으로 한 싸움이 적어질 것이다. 마지막 여섯 번째, 첫째의 책임감을 덜어주어라. 다 그런 것은 아니지만 어떤 아이는 자신을 부모님 다음 제2의 가장이라 여기며 어깨가 무거울 수도 있다. 그렇게 책임감으로 어깨가 무거우면 '더 잘하고 완벽하게 해내야 하는데' 라는 생각 때문에 더 까칠하고 예민해질 수도 있다.

이렇게 우리 집에서 실천하는 동생이 좋아지는 방법을 소개해 보았다. 하지만 이건 내 생각일 뿐이어서 이걸 읽는 사람들이 다른 방법도 생각해보면 좋을 것 같다.

가족해방일지

나에겐
오빠가 있다

박태희(16) ♥ 꿈꾸는 소녀 박태희

나에겐 오빠가 있다. 그것도 세상에 단 하나뿐인.

몇 달 전 일이다. 나는 학업으로 한창 스트레스를 받았다. 모든 일이 잘 풀리지 않고 하던 일에 지쳐 모든 걸 내려놓고 싶었을 때, 이 커다란 사회에서 난 그저 떠돌아다니는 먼지 한 톨이 된 것만 같았다. 이런 일상들에 지칠 대로 지쳐 생각했다. '난 왜 이렇게 되는 일이 없을까?', '잘하는 게 하나도 없는 걸까?' 참아왔던 눈물을 왈칵 쏟아냈다.

뜨거운 눈물이었다. 맞벌이 일을 하고 돌아와 피곤해 잠드신 부모님을 깨워서라도 당장 내 감정을 털어놓고 싶었지만 차마 그럴 수 없었다. 항상 힘든 것만, 불만만 말해왔던 내가 너무 미운 탓이었다. 서러운 마음에 오빠한테 연락해 그동안 힘들었던 일들을 모두 털어냈다. 그러자 오빠에게 메시지가 왔다.

'괜찮아, 그럴 수도 있지. 혼자 꾹 참지 말고 아픈 거, 힘든 거 다 말해. 넌 뭐든지 할 수 있어.'

메시지를 보자마자 눈물이 멈추지 않고 흘렀다. 그 메시지에 담긴 한마디가 뭐라고, 따뜻하게 말해주는 오빠가 참 고마웠다. 오빠는 계속해서 묵묵히 내 말을 들어주었다. 한결 속이 시원해졌다. 그날 밤에 나는 생각했다. 사실, 행복은 아주 가까이에 있다고. 형제란 그런 것이다. 내겐 세상에 하나밖에 없는 내 보호자이자 서로 의지하며 살아갈 내 소중한 단짝 친구라고.

내가 생각하는
우애

바이올렛(12) ♥ 게임을 좋아하는 평범한 아이

우애는 '형제, 자매, 남매끼리 사이좋게 지내는 것'이라고 생각한다. 형제, 자매, 남매가 서로 사이좋게 지내면 집안 분위기도 좋아지고 기분도 좋아지기 때문에 우애가 필요하다고 생각한다.

우애에 대해 떠오르는 사건이 2개 정도 있는데 그중 하나가 이 이야기다.

먼저 초등학교 1학년 때였다. 학교에서 벼룩시장을 했는데, 나는 물건을 살 돈을 미리 준비하지 못해 어떤 아는 이모께서 돈을 주셨다. 그 시기 즈음 내 동생은 공룡을 많이 좋아했다. 그런데 많은 물건 사이에서 공룡 만화책이 눈에 띄었다.

'이걸 동생에게 사다 줘야겠다.'

나는 지금도 그때 내가 잘했다고 생각한다. 왜냐하면 벼룩시장에서 전 재산을 써서 동생이 좋아하는 것을 사다 줬기 때문이다.

그리고 두 번째로 작년 크리스마스에 동생이 가장 좋아하는 포켓몬스터 카드를 몰래 준비해서 선물로 줬던 일이 생각난다. 공룡책을 사다 줬을 때와 마찬가지로 동생이 카드를 선물 받으니 좋아했다.

나와 동생은 재미있게 같이 놀 때 사이가 좋고, 상대방이 싫어하는 행동을 할 때는 사이가 좋지 않기도 한다.

어쨌든 '내가 생각하는 우애'는 형제, 자매, 남매가 사이좋게 잘 지내는 것이다.

동생이라는
존재

김하민(13) ♥ 가족과의 시간이 좋은 소년

　동생이 처음 태어났을 땐 그냥 귀찮은 존재였다. 울음소리 때문에
제대로 잘 수도, 놀 수도 없었다. 여동생은 어릴 때 깁스를 오래 했
고, 막냇동생은 이른둥이로 태어나 병원 생활을 오래 했다. 엄마는
나에게 동생을 잘 돌보라고 말씀하진 않으셨지만 나는 동생들이 자
꾸 신경 쓰였다. 다치거나 아프면 병원에 가는 게 당연한데 그냥 무
서웠다. 그래서 동생들이 어릴 때는 함께하는 시간이 좋지만은 않
았다.

　동생들이 자라고 함께 놀 수 있게 되면서 함께하는 시간이 조금
편해졌다. 나는 겁이 많은 편인데 동생이란 존재는 내가 힘들고 외
로울 때 항상 내 곁에 있어 준 사람이기도 해서 고맙다고 느껴지기
도 한다.

　동생은 형이나 누나, 언니나 오빠들의 습관이나 행동을 따라 한
다. 내 친구들의 동생들을 봐도 그렇다. 즉 동생은 나의 거울이라고

비유할 수 있다. 이를 통해 나를 되돌아볼 수도 있다. 그래서 내가 평소 좋은 생활습관을 가지고 있다면 동생들도 좋은 생활습관을 가지는 경우가 많다. 동생이 형이나 누나, 언니나 오빠들의 습관이나 행동을 따라 하는 이유는 형이나 누나, 언니나 오빠가 하는 행동은 다 좋아 보이기 때문이다.

동생과 사이좋게 지내는 방법은 꾸준한 배려와 칭찬이다. 어려서부터 이것을 반복하면 동생은 나를 편하게 대해주는 사람, 나를 좋게 생각하는 사람으로 생각해 거부감없이 다가가거나 말을 걸 수 있다.

"넌 충분히 멋진 사람이야.", "실수해도 괜찮아." 이런 말을 동생들에게 하면 동생들의 얼굴이 금방 밝아진다. 내 동생들은 어려서부터 사소한 말 한마디에 기뻐하거나 슬퍼하곤 했다. 동생들과 사이좋게 지내려면 행동도 중요하지만, 말이 더 중요하다고 생각한다. 요즘 사춘기가 온 건지, 안 좋은 말이 나도 모르게 나올 때가 있는데 그 습관이 잘 고쳐지지 않는다.

형, 누나와
더 많이 놀고 싶은데…

김규민(9) ♥ 어서 빨리 소방관이 되고 싶은 어린이

나는 9살. 빨리 커서 소방관이 되고 싶다.

우리 형을 소개한다. 우리 형은 13살. 게임을 좋아하고 우리 집에서 세 번째로 나이가 많다. 그래도 나와 같이 초등학교에 다닌다. 형과 싸우지 않고 노는 방법은 딱 한 가지. 바로 형과 같이 게임을 하는 거다. 그러면 형의 기분이 금방 좋아진다. 형은 게임을 어떻게 그렇게 잘할까? 그렇지만 게임을 하는 시간에 나랑 밖에서 놀아줬으면 좋겠다.

우리 누나를 소개한다. 우리 누나는 12살. 누나는 그림 솜씨가 아주 좋다. 완전히 화가 같다. 나도 누나랑 같이 미술 학원에 다니지만, 누나만큼 잘 못 해서 속상하고 누나의 그림 실력이 탐난다. 누나와 나는 사이가 좋을 때가 있고, 안 좋을 때도 있다. 누나는 우정 친구들이 많다. 그 친구 누나들이랑 나도 함께 놀고 싶은데 나는 빼고 놀고 싶어 한다. 그래서 속상하다.

우리 동네에는 나랑 친한 친구가 없고 다 멀리 산다. 그래서 외롭고 심심하다. 나는 혼자 노는 것보다 꼭 같이 노는 게 좋은데….

그래도 형이랑 누나가 있어서 가끔은 재밌다. 요즘에는 형이랑 누나랑 집 근처 편의점에 가서 구경하고, 젤리나 아이스크림 사는 놀이가 제일 재미있다.

나는 아프리카에 남동생이 한 명 있다. 나보다 한 살 어린데 이름이 너무 어려워서 아직도 이름을 못 외웠다. 엄마에게 아프리카에 가서 만나보고 싶다고 말했는데 엄마가 지금은 만나기 힘들다고 말씀하셨다. 어른이 되기 전에 꼭 만나보고 싶다. 그리고 내가 너의 형이라고 말해주며 꼭 안아주고 싶다.

충분히 좋은
우애

그대 곁에(22) ♥ 마음의 행복을 찾는 간호학과 학생

    자식들을 키우면서 모든 부모는 자식에 대한 고민거리를 가졌던 시간이 많을 것이다. 부모의 시선에서 자식들의 우애에 대한 해결 방안을 내 경험을 버무려서 얘기해보고자 한다. 우리 집에는 4살 차이의 남동생과 나, 이렇게 아들 둘이 있다. 나랑 동생, 우리 둘은 지금도 사이가 매우 좋다. 가끔 보면 형제끼리 친하지 않은 경우가 있지만, 어렸을 때 어긋나지만 않게 한다면 충분히 좋은 우애를 형성할 수 있다고 생각한다. 나는 형으로 살았기에 형으로서 좋은 우애를 다지기 위해서는 부모가 형이 동생을 대하는 강압적인 태도를 어느 정도 눈감아줄 수 있어야 한다고 생각한다. 형의 나이 많음을 존중해주면서, 동생의 인권도 지켜주는 그 선이 중요하다고 생각한다.

    예를 들어, 형은 12살 때 원하는 첫 선물을 받았는데 8살짜리 동생이 자기도 원하는 선물을 사달라고 불만을 표하고 있는 상황에서 형이 동생을 혼내는 상황이라고 가정해보자. 이 상황에서는 부모는

8살 동생의 감정보다 12살 형의 감정을 이해하고, 8살에게 12살이 될 때까지 기다려야 하는 이유를 설명하는 편이 훨씬 좋다고 생각한다.

형제간의 우애를 좋게 하는 방법을 가볍게 제시해보았는데, 이것이 정답이 아닐 수도 있다는 생각은 항상 가지고 있어야 한다. 모든 아이는 각자의 자아를 가지고 있기에 그들을 존중하는 마음이 선행되어야 한다는 것을 잊지 않았으면 좋겠다.

개구쟁이지만
사랑스러운 내 동생

황윤아(12) ♥ 요리와 강아지를 좋아하는 나

　내가 8살이던 2019년 겨울에 남동생이 태어났다. 나는 5살 때부터 언니나 동생이 있으면 좋겠다고 생각했었다. 처음에 동생을 봤을 때 너무 귀엽고 천사 같았다. 동생이 생겼다는 사실에 너무 신나고 기뻤다. 그런데 내 동생은 3살, 4살 커갈수록 개구쟁이가 되었다. 그래서 가끔 속상할 때도 있지만 좋은 점도 많이 있다. 우리 집에서는 내 동생 덕분에 웃음소리가 끊이질 않는다.

　노래를 좋아하는 나는 집에서 매일 CD를 틀어놓고 따라부른다. 내 동생도 매일 같이 흥얼거린다. 아직 어눌한 발음의 아기 목소리가 정말 귀엽다. 나중에 동생이 커서 들으면 어떻게 생각할까 궁금해서 녹음했다. 그런데 내가 지루하거나 슬플 때 이걸 들으면 저절로 미소가 지어지고 기분이 좋아져 자주 듣고 있다.

　편의점에 갔는데 사장님께서 동생이 춤추는 것을 보고 귀엽다며 사탕을 주신 적이 있었다. 내 동생은 아직 사탕을 못 먹는다. 그래서 내가 먹을 수 있어서 좋았다. 내 동생이 지금은 찡찡거릴 때도 많지만 나중에 돌이켜보면 재밌었던 추억으로 남을 것 같다.

종일 책상에 앉아 공부하다 보면 어깨가 아플 때가 있다. 그럴 때 내가 엎드려 쉬고 있으면 동생이 와서 등에 올라타 안마를 해 준다. 동생은 가볍기 때문에 엄청 시원하다. 한번은 내가 속상한 일이 있어서 울고 있었는데 동생이 엄마한테 가서 "엄마~! 누나가 울어!! 빨리 와서 엄마가 누나를 토닥토닥해줘."라며 나를 걱정해줘서 고마웠다.

내 동생은 내가 힘들게 만든 공예작품을 갖고 놀다가 망가트리는 개구쟁이지만 매일 우리 집 비타민이 되어 준다. 내 동생이 없었다면 지금보다 지루하고 심심했을 것 같다. 동생이 빨리 커서 나랑 같이 놀 수 있는 나이가 되면 좋겠다.

가족해방일지

세상에서
내 편

박이레(8) ♥ 걷는 곳마다 행복을 전하는 전도자

세상에서 내 편 내 언니랑 나를 이뻐해 주는 오빠를 소개합니다.

난 언니가 제일 좋다. 언니가 일등이다.

언니랑 하는 놀이가 참 좋다. 그래서 우리 언니랑 하는 행복한 놀이를 소개하고 싶다. 바로 유치원 놀이다. 준비물로 가방, 신발, 색연필, 인형, 잠바, 종이를 준비한다. 선생님 역할을 정하고 인사하기, 가방 정리하기, 자유 놀이, 수업하기, 밥 먹기, 인사하기, 집에 가기를 한다. 언니와 내가 선생님하고 인형들은 친구들이 된다. 나는 인형들한테 민주, 하양이, 유리, 유아, 예림, 별, 체리, 율, 이안, 서율… 언니랑 이름을 짓고 놀이를 시작하면 엄마가 일하러 가도 나는 하나도 무섭지 않다.

언니도 나랑 노는 게 좋지?

그리고 난 오빠가 있어서 든든하다. 오빠랑 하는 놀이도 소개하고 싶다.

바로 침대 위 캠핑 놀이다. 캠핑카는 침대, 운전대는 베개인데 오빠는 내가 운전을 할 수 있게 해 준다. 오빠는 아이링고랑 레고로 필요한 것들을 다 만들어 준다. 오빠는 내가 말하면 다 만들어 준다. 오빠랑 함께 놀면 어깨가 으쓱으쓱해지는 마음이 든다.

방학 때 엄마 아빠가 일하러 가시지만 나는 걱정이 없다. 나에게는 언니, 오빠가 있기 때문이다. 집에서 그림 그리고 만들어서 뭐든 다 파는 식당 놀이를 하고 보드게임도 하는데 자주 져서 나는 속상하다. 그러면 언니와 오빠가 집에서는 막내여서 지지만 그래도 포기하지 않으면 친구들이랑 하면 더 잘한다고 위로해주지만, 그래도 속상해서 울면 오빠가 업어줄까 하고 언니는 이야기를 들어 준다. 그래서 언니 오빠가 있어서 속상한 마음이 오래가지는 않는다.

언니랑 오빠랑 노는 건 너무 좋다. 그래서 난 막내인 게 좋다. 동생이 생겨도 언니 오빠라고 부르고 난 매일매일 막내만 할 거다. 언니가 막내를 하고 싶어 하지만 막내는 내 거다.

양보는
중요해!

박한결(11) ♥ 세상 모든 원소 정복자

　나는 삼 남매다. 우리 셋이서 신나고 즐겁고 재미있게 놀 때 필요한 건 양보하는 거다. 양보하지 않고 놀 때 많은 일들이 생기기도 한다.

　첫째, 막냇동생은 아직 어려서인지 놀이를 할 때 이야기를 들어줄 때보다는 자기가 하고 싶은 놀이, 순서, 역할을 하고 싶어 한다. 동생이라 양보할 때도 많지만 때때로 나는 같이 놀고 싶을 않을 때가 많이 있다. 동생의 행동을 보면서 양보하지 않을 때 상대방이 속상할 것 같다. 그래서인지 놀고 싶지 않다는 생각이 많이 든다. 귀여워서 참고는 있지만 그래도 마음은 편하지 않다. 막냇동생이 놀자 하면 가끔 못 듣는 척을 할 때도 있다.

　둘째, 동생은 양보를 잘해 준다. 역할 놀이와 보드게임 할 때 또 책을 고를 때도 나한테 많이 물어봐 준다. 그때 나는 많이 기분이 좋은데, 양보받는 기분이 이런 건가 보다 하는 생각이 든다. 나도 기분이 좋아져서 너는 어떤 거 하고 싶은데 물어본다. 그러면 함께 놀 때 내가 하고 싶은 것도 동생이 하고 싶은 것도 다 할 수 있어서 좋다. 양보하면 기분이 참 편안해진다.

셋째, 내가 양보를 했는데도 양보를 받지 못하는 경우도 생기는데, 그때 그 일들이 잊히지 않는다. 그래서 함께 놀 때 양보받지 못했던 일들이 생각나서 양보해주고 싶지 않다. 내가 양보를 해줘도 그렇지 않기 때문에 놀기 싫다 하는 생각이 많이 나는데 그럴 때 나도 양보를 하지 않으면 상대방도 이런 마음이 들겠구나 하는 생각을 하니 나도 내 마음대로만 하면 안 되겠다 생각이 든다. 잘되지 않지만, 노력을 해봐야겠다.

그래서 나는 셋이 놀 때 양보가 중요한 것 같다. 양보가 힘들다 생각이 들 때도 많지만 힘들 때는 생각하자 역지사지를 그러면 다시 힘이 생겨서 양보할 수 있다.

가족해방일지 ◆

우리는 사이좋고
노력하는 남매

문서진(11) ♥ 중평초 4학년

　나는 두 살 차이 동생 승준이가 있다. 우리는 가끔 다툴 때도 있지만 항상 사랑한다.

　네 살 때인지 다섯 살 때인지 서운했던 것이 사실 하나 생각난다. 내가 그린 그림에 승준이가 파란색 색연필로 낙서해서 내가 부모님이나 어른들께 말하면 '승준이는 어리잖아. 승준이가 어리니까 네가 좀 이해해 줘. 아이고, 우리 착한 서진이.' 이러신다. 아무리 착한 서진이라고 칭찬하셔도 열정을 다해 그린 그림에 동생이 낙서하면 나는 속상하곤 했다. 지금도 '서진이 외 쓰지 마세요.'라고 써놓는데도 승준이가 항상 그려놓는다.

　하지만 나에게는 소중한 동생이다. 그리고 승준이와 함께하면 재미있는 놀이가 있다. 바로 그네 타기이다. 바이킹 그네 타기이다. 바이킹 그네는 한 명이 그네에 서고, 한 명은 그네에 앉고 서로 다른 방향을 바라보며 서 있는 사람이 힘을 줘 다리로 그네를 타면 높이

높이 날아갈 수 있다. 서 있는 사람이 태워주는 놀이이다.

주로 승준이가 나를 태워주는데 언젠가 내가 바닥에 떨어져서 요즈음엔 무서워서 타기 싫어졌다. 그래도 재미있었는데 말이다. 내 동생이랑 하는 놀이는 뭐든지 재미있기는 하다.

개구쟁이 내 동생, 마른 내 동생, 이 세상에서 누나의 남동생으로 태어나 줘서 고마워. 그리고 사랑해. 우리 앞으로는 싸우지 말고 사이좋은 동생 누나가 되자. 알았지?

형제가
친하려면

김강호(18살) ♥ 고2 미대 입시생

나는 22살 형과 살고 있다.

어릴 적 우리는 수도 없이 싸웠다. 그 싸움의 원인은 누군가의 양보를 바라는 부모님에게서 왔다. 부모님은 항상 형에게 "네가 형이니 양보해야지."라는 말을 하셨다. 지금 생각해보면 그런 방식은 굉장히 잘못됐다고 생각한다. 형에게 항상 양보를 바라지 말고 동생과 형을 동등한 위치에서 대해줘야 된다고 생각한다. 부모에겐 똑같은 자식일 테고 그냥 몇 년 더 빨리 혹은 늦게 태어난 것이기 때문이다.

하지만 동생이라고 다 좋은 것만은 아니다.

나는 어릴 적에 거의 모든 것을 물려받았다. 동생이라는 이유만으로 재사용을 강요받았다. 새로운 물건을 받으려면 일주일은 말해야 됐다. 나로선 기분이 좋진 않았다. 그런 것 또한 없어져야 된다고 생각한다. 누가 쓰고 남은 걸 다시 쓰는 것은 누구나 싫을 것이다. 그래서 어려운 것이 아니면 동생도 형과 같이 새로운 것을 주는 것이 맞다고 생각한다.

형제를 대등하게 똑같이 대우한다면 사이가 좋을 것이다. 하지만 키워주신 우리 부모님이 잘못됐다고 생각하진 않는다. 분명 그분들도 부모가 처음일 테니까.

반은 귀엽고
반은 미운 내 동생

임소은(12) ♥ 사실은 동생이 좋은 언니

나는 4살 차이 동생이 있는 12살 언니다. 동생을 생각하면 거의 대부분 밉다는 생각이 든다. 내가 말한 '거의'가 어떨 때냐 하면 동생이 까불고 장난을 칠 때이다. 그럴 때면 동생에게 딱밤을 한 대씩 먹이기도 한다.

사실 동생이 엄마 뱃속에 있을 때는 작고 소중하다는 생각이 들어서 너무 좋았다. 태명도 내가 까꿍이로 지어주고 엄마, 아빠가 만들어 준 노래도 매일 불러주고, 볼록한 엄마 뱃속에 있는 동생에게 뽀뽀도 많이 해줬다. 하지만 동생이 크면서 점점 나에게 바라는 게 많아지고 내 것을 빼앗아 가고… 특히 엄마, 아빠의 사랑을 독차지할 때는 밉다. 엄마는 항상 엄마가 나에게 준 최고의 선물이 동생이라고 한다. 크면 알게 될 거란다. 근데 나는 잘 모르겠다.

글을 쓰게 되면서 어떻게 하면 동생과 우애가 좋아질까? 생각하다 보니 동생이랑 처음으로 둘이서 잠을 잤던 날이 생각났다. 그날은 엄마에게 내방에서 일찍 자겠다고 얘기하고 자는 척을 했지만, 핸드폰 불빛으로 그림자놀이를 한 시간 넘게 했던 것 같다. 웃음이 나오는데도 참으면서 진짜 재미있었다. 그래서 그 이후로도 한 번씩 둘이서 내 방에서 잠을 잔다. 항상 일찍 자는 척을 하지만 게임을 하거나 뭘 만들거나 하면서 놀다가 잔다. 이건 우리 둘만의 비밀이다.

동생과 우애가 좋아지는 방법은 둘만의 '비밀을 만드는 것'인 것 같다. 그럴 때는 동생이랑 눈빛으로 통하고 생각만 해도 재미있다.

동생은 웃으면 귀엽다. 볼이 말랑말랑해서 손으로 살살 주무르면 느낌이 엄청 좋다. 그리고 언니~ 하면서 달려와서 나한테 안기면 기분이 좋다. 또 동생 이가 빠지면 내가 베개에 동전을 넣어줬는데 진짜 이빨 요정이 있는 줄 알고 좋아하는 걸 보면 귀엽기도 하다. 이런 생각을 하다 보니 웃음이 난다. 동생이 좋았던 걸 생각해보는 것도 우애가 좋아지는 방법인 것 같다.

2

스마트폰 없이
잘 노는 법

스마트폰 없이 지내본
3박 4일의 겨울 캠프

이현지(11) ♥ 성격 좋은 예비 초등 4학년

이번 겨울방학 때 재미있는 캠프에 다녀왔다. 스마트폰 없이 3박 4일 동안 지내는 신기한 캠프였다. 평소 나는 스마트폰을 매일 했다. 스마트폰을 더 하고 싶은 마음이 항상 들었고, 그럴 때마다 부모님께 꾸중을 듣기도 했다. 나는 밖에서 하는 놀이보다 집 안에서 스마트폰을 이용한 온라인 게임을 좋아하고 더 많이 했다.

캠프에서 스마트폰 없이 놀이하는 방법도 알려주었고, 나 자신을 알아가는 시간도 가질 수 있었다.

캠프에서 여러 가지 놀이를 했다. 동요와 율동, 비석 치기, 땅따먹기, 깡통 차기, 무궁화꽃이 피었습니다, 수건돌리기, 공기놀이, 연날리기 등을 했다. 모닥불도 피워보고 숯가루를 서로 얼굴에 묻히기도 했다. 연극도 했고 김치볶음밥과 김치전을 만들어서 선생님과 친구들이 함께 나눠 먹었다.

그리고 캠프에서 자기 옷을 스스로 정리하는 방법을 배웠다. 밥을 먹은 후에는 내가 먹은 그릇을 설거지도 하고 우리가 잤던 방을 청소도 했다. 집에서는 내 방 청소와 설거지를 잘 하지 않았다. 식사한 그릇이 깨끗해지고 방이 정리 정돈되는 모습을 보니 상쾌하고 뿌듯했다.

가장 기억에 남는 놀이는 수건돌리기와 얼굴에 숯가루를 묻히는 것이었다. 수건돌리기는 술래가 나를 쫓아올 때 짜릿하고 스릴이 있어서 재미있었다. 얼굴에 숯가루를 묻히는 놀이는 처음 해보는 놀이였다. 친구들 얼굴이 재미있게 변하는 모습을 보니 웃음이 나왔다. 재미없는 놀이는 단 한 가지도 없었다.

캠프에서 3박 4일 동안 친구들, 선생님과 함께 어울리고 정신없이 놀았다. 그렇게 놀다 보니 스마트폰 생각은 전혀 나지 않았다. 스마트폰이 없었지만 불편하지도 않았다.

캠프를 마치고 집에 돌아오는 길에 3박 4일의 기간이 너무 짧게만 느껴졌다. 아쉬운 마음이 자꾸 들어 눈물이 났다. 집에 도착하고 그동안 있었던 일을 떠올려보니 즐거운 추억이 많이 생각났다. 친절했던 선생님들과 밖에서 뛰어놀았던 게 행복했다. 생각이 다른 친구들과 의논하고 어울리고 함께 놀고 마음을 나누었던 것도 즐거웠다.

"내가 잘하면 부모님까지 칭찬받는 거예요."라고 대장 선생님이 말씀해 주셨다. 항상 좋은 습관을 지니고 생활하는 것은 나뿐만 아니라 부모님께도 효도하는 일이라고 생각한다. 이번 캠프를 통해서 스마트폰이 없어도 즐겁게 놀 수 있다는 것을 알았다. 앞으로는 바깥 놀이를 더 많이 하고 스마트폰은 정해진 시간만 해야겠다고 생각했다.

모리나 왕국의
재미있는 놀이법

이예서(8) ♥ 엉뚱 발랄 귀요미

　　옛날 옛적 모리나 왕국에 이름이 희나라는 아주 예쁜 공주가 살았어요. 그런데 희나 공주와 모리나 왕국의 아이들은 스마트폰과 컴퓨터 게임을 아주 아주 좋아했어요. 그래서 게임을 하느라 책도 읽지 않고, 공부도 하지 않고, 방에서 나오지도 않았어요.

　　어느 날, 왕이 희나 공주를 불렀어요.
　　"공주야, 이제 스마트폰이나 컴퓨터 게임을 그만하거라!"
　　왕이 명령했어요. 그러자 공주가 말했어요.
　　"아버지, 저는 스마트폰이나 컴퓨터 게임이 너무 좋아요."
　　그러자 왕이 왜 그런지 물었어요. 희나 공주는 심심할 때가 많은데 스마트폰이나 컴퓨터 게임을 하면 심심한지 모를 정도로 시간이 잘 간다고 하였어요. 그러자 왕이 명령했어요.
　　"여봐라! 당장 온 나라에 있는 스마트폰과 컴퓨터를 모두 버리도록 하여라!"
　　신하들은 임금님의 명령에 따라 모리나 왕국에 있는 스마트폰과 컴퓨터를 모두 버렸어요.

심심해진 희나 공주는 성 밖의 아이들을 불렀어요.

"얘들아, 우리 뭐 하고 놀면 재밌을까?"

아이들이 대답했어요.

"스마트폰과 컴퓨터가 없으니 너무너무 심심하고 무엇을 해야 할지 모르겠어요."

공주와 아이들은 성 안으로 들어갔어요. 그리고 임금님을 불렀지요.

"아버지, 성 밖 아이들과 제가 너무너무 심심해요."

그러자 왕이 대답했어요.

"흠… 여봐라! 당장 재미있는 책을 구해오도록 하여라!"

희나 공주는 신하들이 구해온 '스마트폰이나 컴퓨터 게임 말고 재미있는 놀이가 없을까?'라는 책을 아이들에게 읽어주었어요. 그리고 아이들과 스마트폰이나 컴퓨터 게임 말고 재미있게 놀 수 있는 방법을 찾아보기로 하였어요. 아이들이 하나씩 이야기하기 시작했어요.

"공주님, 저는 매일매일 공주님이 책을 읽어주면 좋겠어요. 책이 이렇게 재미있는지 몰랐어요."

"공주님, 저는 노래 부르고 춤을 추면 재밌을 것 같아요."

"공주님, 저는 숲속을 산책하면 좋겠어요."

아이들과 희나 공주는 계획을 세웠어요.

"그러면 친구들이 이야기한 것을 모두 순서대로 해보자."

"좋아요!"

아이들이 대답했어요. 희나 공주님과 아이들은 책도 읽고, 노래 부르고 춤도 추고, 산책도 했어요. 그랬더니 기분이 매우 좋았어요.

이제 모리나 왕국에는 걱정거리가 사라지고 아이들의 웃음소리 만 가득하게 되었답니다.

해리포터 덕후
1,161일째

홍은성(11) ♥ 완벽한 공주

1학년 마지막 날, 나는 담임 선생님께서 보여주신 해리포터 영화에 빠져들었다. 반전 매력에 잘생긴 해리, 귀엽고 웃긴 론, 똑똑하고 마법을 잘하는 헤르미온느, 세 주인공의 우정이 정말 대단했다. 특히 론이 친구를 위해 자신을 희생하는 체스 장면은 멋져 보였다.

해리포터 영화 시리즈 총 7편을 동생과 20번 넘게 보았다. 1편에서 인상 깊은 명언은 2가지다. 해리가 어둠의 마왕 볼드모트와 용기 있게 맞서 싸우는 장면에서 헤르미온느가 말했다. "넌 위대한 마법사야. 난 책과 잔머리뿐인데 더 중요한 게 있어. 우정과 용기 말이야." 그리고 해리가 도망치려 할 때 볼드모트가 말했다. "선도 없고 악도 없다. 오직 힘을 가진 자와 힘을 가질 수 없는 겁쟁이로 나뉘지." 내가 보기에 착한 사람도 다른 누군가에겐 악해 보일 수 있는 것 같다. 자신이 원하는 걸 얻기 위해서는 뭔가를 해내야 하고, 할 수 없다는 두려움에 사로잡힌 사람은 원하는 걸 이룰 수 없을 것 같다. 그리고 헤르미온느가 무언가를 위해 열심히 책을 찾는 점을 본받고 싶다.

가족해방일지

나는 동생과 해리포터에 빠져 용돈이 생길 때마다 해리포터 굿즈를 사 모았다. 마법사 지팡이, 헤르미온느 목걸이와 팔찌, 호그와트 입학선물 세트, 그리핀도르 기숙사 선물 세트 등이 있다. 크리스마스 선물로는 해리포터 레고 만들기를 받았다.

동생과 마법 놀이를 하면 마법 세계로 빠져드는 느낌이었다. "크루시오!"(고문 주문) "프로테고 맥시마~!"(방어 최대)를 외치면서 동생과 친구들과 마법사 놀이를 하고 레고로 캐릭터를 만들어서 같이 놀았다. 해리포터를 만난 후부터 내가 쓰는 소설은 전부 마법 이야기다. 동생과 친구들이 내 소설 속에 캐릭터로 등장한다.

작년 8월 20일, 내 생일에 우리 가족은 해리포터 카페를 찾아 서울로 갔다. KTX를 탄 후 버스를 갈아타며 1시간 이상 걷느라 다리가 아팠다. 하지만 카페는 신비로웠다. 마법사 옷을 입으니 영화 속 마법사가 된 것 같았다. 사진을 찍느라 신이 났다. "으어어어어어" 구석에 있던 디멘터(사람들의 행복한 기억을 빨아들여 안 좋은 기억만 남게 하는 괴물)의 음산한 소리가 무서웠다. 그리고 엄마가 사준 젤리 빈은 영화 속 젤리와 똑같진 않았지만 맛있었다. 해리포터 덕후 놀이는 내게 행복한 기억으로 남아있다.

놀이할 때
합이 잘 맞는 우리

김민소⑴ ♥ 노래에 흥미가 있는 나

요즘 동생과 나는 노래에 흥미를 느껴 듣고 부르는 것을 좋아한다. 나는 다양한 노래를 좋아하는데 특히 '윤하-사건의 지평선', '아이유-드라마', 동생은 'Camila Cabello-Havana', '마마무-데칼코마니'를 좋아한다. 우리는 같이 놀 때 합이 잘 맞는다. 우리가 좋아하는 놀이 중 2개를 소개한다.

1. 윷놀이
준비물: 나무젓가락 4세트, 네임펜, 말판을 그릴 큰 종이, 팀별로 말 3개
나무젓가락 앞, 뒤를 윷처럼 꾸민다. 네임펜으로 종이에 말판을 그린다. 재밌게 논다. (준비물이 간편해서 가지고 다니면서 놀기 편해서 좋다!)

2. 이불 썰매
준비물: 이불 2쌍, 베개(는 선택)
한 사람은 이불 위에 눕는다. 다른 사람은 이불을 끌어준다. 돌아가면서 재밌게 논다.

가족해방일지

두뇌 발달 놀이법으로
자신감 찾기

정윤호(11) ♥ 뇌 교육이 재미있는 윤호

나는 성격이 소심하고 모르는 사람 앞에서는 낯도 가려 자신감이 크지 않은 아이였다. 겨울방학을 맞이하면서 나는 엄마랑 손을 꼭 잡고 인성 영재를 키우는 BR뇌교육센터에 가서 상담을 받게 되었다. 무엇보다 자신감을 키워 미래에 멋진 글로벌 리더가 되고 싶었기 때문이다.

하지만 행복하고 성공적인 삶을 살기 위해서는 자신을 믿고 두려움을 넘어 도전해야 한다.나의 인생에서 무엇보다 중요한 것은 자신을 믿고 도전하는 자신감을 키워주는 것이다. 인지과학과 뇌가 신체와 정서, 인지 모두가 건강하고 조화를 이룰 때 자존감과 자신감이 가장 높다고 뇌 교육 선생님이 이야기했다. 체력이 약하고 의욕이 없던 아이도 다양한 신체 활동을 통해 적극적이고, 끈기 있는 아이로 변하고, 짜증이나 화가 많은 아이, 스마트폰만 하는 아이도 스스로 감정을 다스릴 줄 아는 아이로 변한다.

나는 이 책을 보는 사람들에게 두뇌 발달 놀이 방법 4단계를 소개하려고 한다.

1단계: 단전 치기-체조-단전 치기 활동을 통해 단전 강화와 집중력 향상이 된다.

2단계: 좌우뇌 교차-체조-좌우뇌 교차 체조를 통해 양뇌 균형 있는 발달에 도움이 된다.

3단계: 긴 끈을 이용한 활동을 통해 순발력과 순간 집중력을 키울 수 있다.

4단계: 누워서 다리를 들고 양손을 통해 단전을 강화시키는 나룻배 자세, 엎드려서 양손과 양다리를 드는 구름 자세, 누워서 양손과 다리를 구르는 자전거를 통해 인내심과 지구력을 높이는 데 도움이 된다.

매일 꾸준히 하면 나처럼 몸 튼튼 마음 튼튼 뇌 튼튼하고 건강하고 자신감 넘치는 아이로 성장할 수 있다. 자신감은 목소리에서부터 나온다. 나는 매일 "나와 민족과 인류를 살리는 지구경영자 HSPER 정윤호입니다."라며 크게 외친다.

우리 집에
누가 놀러 왔으면 좋겠다

구한결(10) ♥ 한결같이 다정한 오빠

　나는 스마트폰을 좋아한다. 엄마가 스마트폰을 안 주면 TV를 본다. 내가 스마트폰 없이 노는 방법은 동생과 놀거나 친구랑 노는 거다. 동생과 함께 놀거나 간식을 먹는다. 친구들과 놀이터에서 놀 때도 있다. 술래잡기하거나 숨바꼭질하기도 한다. 더 놀 수 있는 걸 찾아봐야 겠다.

　특별한 사람이 집에 오면 바둑, 장기, 알까기, 오목도 한다. 그러면 신나고 재미있다. 이긴 것을 모를 때도 있고 그걸 나중에 알고 깜짝 놀랄 때도 있다. 이기면 기쁘고 지면 슬프지만, 함께 논다는 것이 중요하다. 나는 함께 노는 게 좋기 때문이다. 우리 집에 누군가 놀러 왔으면 좋겠다.

스마트폰이 없어도
괜찮아!

최하원(10) ♥ 운동을 사랑하는 태권 소녀

초등학교 1학년 때 핸드폰이 생겼다. 엄마가 일하시니 필요할 때 통화하라고 사 주셨는데 게임 하는 데 더 많이 썼다. 처음에는 정해진 시간만 게임을 했는데 점점 절제하지 못하고 틈만 나면 핸드폰에 손이 갔다. 핸드폰으로 놀 수 있는 게 참 많다. 친구랑 게임 하기, 카톡 하기, 영상 찍어 틱톡에 올리기. 나는 풍경 사진 찍는 것도 좋아한다. 핸드폰만 있으면 시간 가는 줄 모르고 재미있게 놀 수 있어서 정말 좋다.

그런데 내가 핸드폰을 너무 많이 갖고 놀아서 아빠가 두 시간으로 시간제한을 두셨다. 핸드폰은 전자파가 많이 나오고 눈에도 좋지 않다는 걸 잘 알지만 재미있어서 계속하고 싶어진다.

하지만 내가 핸드폰만 갖고 노는 건 아니다. 나는 밖에서 자전거와 인라인 타는 것을 아주 좋아한다. 친구랑 자전거를 타고 모험을 떠난 적도 있다. 아파트 단지 여기저기를 돌아다니다 새로운 곳을

가족해방일지

찾았는데, 내가 탐정이 된 것 같은 기분이 들어 뿌듯했다. 시간이 너무 빨리 가서 늘 더 놀고 싶어진다. 친구랑 밖에서 놀면 핸드폰 생각이 나지 않아서 신기하다.

또 놀이터에서 그네를 타거나, 줄넘기하면서 잘 논다. 친구가 쌩쌩이 하는 게 신기해서 나도 연습을 많이 했다. 1개도 못 했는데 자꾸 연습하니까 이제 43개를 할 수 있다.

그리고 놀이터에서 놀고 있으면 어린이집이 끝나고 동생들이 놀이터에 온다. 동생들이 너무 귀여워서 놀아주는 게 좋다. 동생들을 돌봐줄 때는 한눈을 팔면 절대 안 된다. 아이들이 큰길로 가거나 위험한 행동을 하지 않게 쫓아다니다 보면 핸드폰 할 시간이 없다. 그래도 동생들이 내 말을 들어주니까 재미있다.

얼마 전에는 언니한테 생일 선물로 보드게임을 받았는데, 브레드이발소 메모리 카드 게임이다. 언니랑 보드게임을 하면 내가 이길 때도 있고 질 때도 있다. 이기면 기분이 너무 좋지만 지면 아주 속상하다. 할수록 기억력과 집중력이 좋아지는 것 같은 기분이 든다. 가족이 다 같이 한 적이 있는데 엄마가 잘 못 찾았다. 엄마는 나이가 들어 기억력이 안 좋아져서 그렇다고 하셨다. 메모리 카드 게임을 많이 하면 기억력이 좋아질 것 같다. 엄마랑 많이 해야겠다.

작아진 내 옷으로 인형 옷을 만들어주고 싶어서 가위로 오리고 바느질도 해서 인형에 내가 만든 옷을 입혀 주었다. 요즘에는 오목 놀이에 빠졌다. 한번 핸드폰에 빠지면 계속하고 싶은데, 또 핸드폰 없이 놀기 시작하면 핸드폰이 어디 있는지도 모르고 놀게 된다.

글을 쓰면서 생각해 보니 스마트폰이 없어도 재미있는 놀이가 많아서 심심하지는 않을 것 같다.

놀이와 재미에는
정해진 게 없다

박찬희(19) ♥ 꿈 찾는 소년

서로의 일상을 공유하던 중 동생과 나는 둘 다 학교에서 다트를 배운다는 것을 알게 되었다. 둘만의 관심사라고 생각했던 다트는 대화로 어느새 우리 가족의 관심사가 되었다. 다트는 모두의 관심사가 되었고 우리는 고심 끝에 다트판을 구매하였다.

다트 게임은 우리 가족의 다양한 소통 창구 중 하나가 되었다. 함께 식사하고 난 후에 모두 모여 다트 게임을 하기 일쑤였고, 다양한 집안일 내기를 통해 재미도 얻고 일손도 도울 수 있었다.

요즘엔 부모님이 맞벌이로 일을 하셔서 다트 게임을 즐길 시간이 많진 않지만, 우리에겐 새로운 놀이가 생겼다. 방학이라서 동생과 함께 지내는 시간이 많다 보니 점심을 직접 챙겨 먹어야 하는 일이 종종 있는데 함께 메뉴를 고르고 요리하는 과정이 새로운 재미다. 요리가 무슨 놀이냐고 생각할 수 있지만 함께하고 대화하는 이 시간조차 놀이처럼 즐겁게 느껴진다.

함께 소통하고 지내면서 느끼는 것이지만 놀이와 재미에는 정해진 것이 없다. 무엇을 하든 함께 하는 것이 즐겁다면 그것이 놀이다. 매 순간을 놀이라고 생각하면서 지내다 보니 즐거운 일상의 연속이다.

콩닥콩닥
숨바꼭질

김규린(11) ♥ 초등 4학년

(친구들과 하는 놀이 중 최고는 숨바꼭질입니다. 그 느낌을 규린이가 동시로 예쁘게 담았어요.)

가위바위보 술래를 정했다.
휴… 다행이다.
술래가 되지 않았다.

하나, 둘, 셋….
숫자 세는 소리가 점점 멀어진다.

꼭꼭 숨었다.
술래가 내 쪽으로 온다.
콩닥콩닥 뛰는 소리 술래에게 들릴까 무섭다.
그런데도 콩닥콩닥 뛰는 소리 들렸는지 들켜버렸다.

이번엔 내가 술래
친구들이 꼭꼭 숨었다.
머리카락도 안 보이게
바스락바스락 소리가 들렸다.
소리 나는 곳으로 가보았더니 친구들이 한곳에 모여 있다.
친구들도 깜짝 놀라고 나도 놀란다.

우리는 집에서
함께 논다

김보민(12) ♥ 가끔은 외동이 되고 싶은, 사춘기가 온 것 같은 어린이

　　오빠와 나, 그리고 남동생은 사이가 좋았는데 남동생이 초등학교에 들어가면서 자주 싸우게 되었다. 동생이 먼저 시비를 걸었는데 내가 혼나고, 내가 시비를 걸었는데 오빠가 혼날 때도 있다. 그래서 가끔 '외동은 참 편하겠다.', '외동이 되고 싶다.'라는 생각을 한다. 그런데 가끔 오빠와 동생이 없고 혼자 있을 땐 너무 심심했다. 그래서 '어떻게 하면 우리끼리 싸우지 않고 재미있게 놀 수 있을까?'를 생각했다.

　　첫 번째 놀이는 '게임을 현실로 만들어 놀기'이다. 게임 하나를 고르고 그 게임에 나오는 무기와 아이템을 종이로 만든다. 종이로 만들 수 없는 것은 집에 있는 물건을 사용한다. 이 놀이는 특히 오빠가 좋아하는데, 오빠는 게임을 좋아하고 잘하기 때문이다. 게임은 점점 커지고 나는 점점 작아지는 느낌이 신기하다.

　　두 번째 놀이는 '상황극 놀이'이다. 모두가 알고 있는 놀이지만 나

는 이 놀이가 아직도 재미있다. 상황극의 역할에 몰입하다 보면 내가 정말 그 상황극의 주인공이 된 것처럼 가슴이 두근거린다.

세 번째 놀이는 '가게 놀이'다. 가게 놀이는 상황극과 비슷한 면이 있지만 좀 다르다. 가게 놀이는 팔아야 할 물건 종류를 정해 그 물건들만 사고파는 것이다. 약국에서 파는 물건들을 팔면 집에 있는 밴드, 소독약, 물파스 등을 출동시킨다. 이 놀이는 동생과 자주 하는데, 주인과 손님 역할을 번갈아 하는 것이 중요하다. 그 순서를 지켜야 싸우지 않기 때문이다.

마지막 놀이는 '학교 놀이'다. 학교 놀이는 집에 있는 문제집으로 공부하는 것이다. '공부하는 게 무슨 놀이지?'라고 생각할 수 있다. 하지만 중간에 개그를 섞으면 재미있게 공부할 수 있다. 또 재미있게 공부하다 보면 공부가 조금씩 좋아질 수도 있다.

키즈카페나 놀이터에서 노는 것도 재미있지만 집에서 노는 것도 아주 재미있다. 정리시간만 아니면 더 재미있을 텐데….

가족해방일지 ◆

스마트폰
없던 시절 놀이

그대 곁에(22) ♥ 마음의 행복을 찾는 간호학과 학생

어릴 때 나는 스마트폰이 없이 자랐는데 딱히 부족함을 느끼지 못했다. 어떻게 그럴 수 있었나 생각해보았는데, 어렸을 때 했던 것 중 책 읽기와 레고 혹은 미술 등 창작활동에 재미를 느꼈던 것이 가장 큰 도움이 되었기에 그 놀이를 소개해 보려 한다.

어느 정도 책을 읽을 나이가 되었다면 주변 친구들이 재밌게 읽던 책이나 유명한 소설들을 권해본다. 이런 글로 이루어진 책이 처음에 어렵다면 『살아남기』, 『보물찾기』, 『WHY 시리즈』처럼 만화로 된 책들로도 아이들의 흥미를 이끌 수 있다고 생각한다. 책의 흥미를 느낀다면 핸드폰 의존도도 떨어질 뿐만 아니라, 스스로 도서관에 가고, 국어 실력도 보통 이상으로 끌어올릴 수도 있을 것이다.

창작활동과 관련된 레고와 미술 활동들로 스마트폰 없이 살아도 부족함을 못 느끼게 할 수도 있다. 레고는 특히 하나를 완성하고 나서도 다른 레고와 응용을 할 수 있어 상상력과 창의력을 부풀리기에 참 좋은 놀이 방법이다. 더구나 동생과 같이하게 된다면 우애도 함께 형성할 수 있기에 내 경험 속의 놀이를 제안해 본다.

랄라라
노는 게 제일 좋아!

김도원(9) ♥ 줄넘기와 달리기를 잘하는 체육 소녀

내가 언니랑 핸드폰으로 놀고 있으면 엄마, 아빠는 핸드폰 그만 보고 나가서 놀자고 한다. 나는 아빠, 엄마, 언니랑 놀이터에서 노는 것을 좋아한다. 나는 오늘 우리 가족이 놀이터에서 제일 좋아하는 놀이 '무궁화꽃이 피었습니다'를 알려주려고 한다.

이 놀이는 가위, 바위, 보를 해서 진 사람이 술래가 된다. 술래가 벽을 보고 '무궁화꽃이 피었습니다.' 주문을 다 외치고 나면 뒤를 돌아볼 수 있다. 이긴 사람들은 5미터쯤 뒤에 선을 정해놓고 그 뒤에 있으면 된다.

술래가 주문을 외우는 동안만 선 뒤에 있던 사람들은 움직일 수 있다. 주문을 계속 외우다 보면 사람들과 술래의 거리가 가까워진다. 술래가 뒤돌았을 때 움직인 사람은 술래의 옆에 새끼손가락을 걸고 기다리다가 다른 사람들이 새끼손가락을 끊어줄 때 도망가면 된다.

이때 사람들은 출발선이 있는 곳으로 다시 돌아가야 한다. 술래는 사람들이 출발선으로 들어가기 전에 잡아야 한다. 잡았으면 잡힌 사람이 술래이고 못 잡았으면 술래가 다시 술래가 된다.

같은 주문만 계속 외치면 지루할 수 있어서 술래 마음대로 주문을 바꿔서 말할 수 있다. '나무꽃이 피었습니다.' 술래가 외치고 돌아보면 뒤에 있던 사람들은 양손을 머리 위로 동그랗게 들어 나무 모양을 만들고 멈춘다. '무지개꽃이 피었습니다.' 술래가 외치고 돌아보면 사람들은 빨주노초파남보를 외치면서 일곱 발자국을 움직일 수 있다. '안경꽃이 피었습니다.' 술래가 외치면 손으로 동그라미로 안경 모양을 만들어 얼굴에 올리고 움직이지 않는다. '할미꽃이 피었습니다.' 술래가 외치면 허리를 숙이고 지팡이를 든 할머니 모습을 흉내 내고 서 있으면 되는 것이다. 이거 말고도 동물을 따라 하게 하는 주문을 넣어도 된다.

이 놀이를 하다 보면 눈만 마주쳐도 웃음이 나기 때문에 정말 재미있다.

그림을
그린다는 건

이예린(14) ♥ 이제 중학생이 되는 초등학생

　나는 놀이를 생각하면 가장 먼저 그림이 생각난다. 내가 초등학교 고학년쯤부터 엄마가 언니랑 둘만 있는 시간이 많았는데, 그때마다 그림을 그리면서 놀았다. 그림을 그리는 시간이 좋았다.

　그림에는 제한이 없어서 전부 그려 보고 있다. 내 머릿속에 있는 무언가를 원하는 색으로 그대로 그리면 그림이라고 생각한다. 나는 말로 하기 어려운 것들을 머릿속에 많이 담아두고 있다. 굳이 하면 상황만 나빠질 것 같은 말들은 머리에서 입 밖으로 나가지 않고 머리에서 계속 맴돈다. 이럴 때 나는 그림을 그리면서 내보낸다. 물론 그런 상태에서 그림을 그리면 제대로 그려지지도 않고, 그리다가도 마음에 들지 않아서 지워버릴 때도 있다. 그렇지만 그림으로 표현하고 나면 내 머릿속에 말들이 비워지는 것 같다.

　그림은 종이에만 그리는 것이 아니다. 작년에 아이패드를 사게 되었는데, 그 뒤로 패드로 그림을 많이 그렸다. 패드는 종이와 다르게 확대와 축소를 자유자재로 할 수 있고 원하는 색도 뽑아서 할 수 있어서 좋다. 종이에 그림을 그리다 틀리면 고치기 어려워 그냥 지워버리게 된다. 하지만 이런 점 때문에 좋은 그림을 없애버릴 때도 가끔 있지만.

그래도 나는 그림을 그리는 것 자체가 재미있다. 패드로 그려도 종이에 그리는 것처럼 재미있는 것은 맞다. 나는 어렸을 때부터 그림을 많이 그렸다. 그림을 많이 그리니 다른 사람들보다 더 잘 그릴 수 있게 되었다. 그림을 잘 그리니까 재미있고 또 재미있으니 더 많이 그리게 됐다. 계속 그리다 보니 재미있고 더 잘 그리고 싶고, 그러다가 그림 자체가 좋다. 제일 잘 그린 그림을 보면서 내가 그림을 이렇게 그리면 나중에 이걸 보면서 또 흐뭇하겠지라는 생각을 해본다.

나에게 그림은 재미있으면서도 말을 대신해 주는 좋은 통로이다. 그림은 재미있고 행복하다. 그림을 그리면서 하는 생각도 평소보다 더 풍성하다. 나에게 그림은 이런 것이다.

동생과
함께 만드는 놀이

이도경(15) ♥ 중학생

저녁 시간, 할 것도 없이 핸드폰만 붙잡고 있으면 동생이 벽장 뒤에 있는 보드게임을 꺼내 온다. 그러면 나는 보드게임을 하기 위해 이불 위에 보드게임 판을 펼친다. 말과 주사위를 꺼내 판 위에 올리면 보드게임을 시작할 준비가 끝난다. 이렇게 보드게임을 시작해 주사위를 굴리고 말을 옮기다 보면 항상 시간 가는 줄 모르고 놀게 된다.

이렇게 시간 가는 줄 모르게 하는 보드게임이라도 같은 게임만 하다 보면 아무리 재밌고 신나는 보드게임이라도 지루할 때가 있다. 그런 날에는 나와 동생은 종이와 가위, 색연필과 테이프를 가지고 와 보드게임을 더 재밌게 만들기 위한 낙서를 시작한다. 낙서가 점점 늘어나고 넣을 만한 아이디어가 나오면 보드게임에 맞게 규칙을 새로 정한다. 규칙까지 모두 정해지면 종이에 그림을 그리고 색을 칠한 뒤 가위로 자르고 테이프로 코팅한다. 굳이 힘줘 그리고 열심히 색칠하지 않아도 괜찮다. 어차피 우리끼리 놀 것이기 때문에 적당히 알아볼 수 있도록 꾸미고 만들면 완성이다.

완성된 아이템을 넣어 게임을 하면 보드게임은 더 재밌어진다. 아이템을 서로 사용하고 자신한테 더 유리하도록 규칙을 정하려 종종 다투기도 하지만 또 다른 규칙을 만들어 넣으면 금세 화는 풀리고 이전처럼 같이 놀게 된다. 또 동생이 억울하다며 안 놀려고 하면 동생이 좋아할 만한 아이템을 슬쩍 넣어준다. 이렇게 만들어 노는 보드게임은 원래의 보드게임보다 언제나 특별하고 재밌어진다. 그 이유는 게임을 하고 만들어가면서 점점 규칙이 추가되어 자세해지고 특별해지며 또한 이렇게 만들어진 게임은 어디에도 없는 우리만의 보드게임이 되기 때문이다.

나는 보드게임에 넣을 아이템을 그리고 규칙을 만드는 과정이 또 하나의 놀이라고 생각한다. 이 놀이는 언제나 새롭고 똑같지 않다. 재미없어지는 날이 오지 않을 것 같다.

나는 동생과 놀이를 만들기 위해 생각하고 대화하는 시간이 즐겁다.

삼 남매가
노는 방법

박이루미(9) ♥ 아낌없이 주는 나무

    친구들은 스마트폰이 있어서 게임도 하고 동영상도 본다. 나도 친구들처럼 스마트폰을 보고 싶을 때도 많지만 조금 더 클 때까지는 참고 싶어서 스마트폰이 생각날 때마다 하는 놀이가 있어서 소개하고 싶다.

    게임이 하고 싶을 때는 오빠와 동생과 함께 보드게임을 한다.
    처음 소개하는 보드게임은 부루마블이다. 토요일 오전에 시간이 많아서 하는 게임이다. 동생은 은행 역할을 좋아해서 돈을 바꿔주는 역할을 자주 하고 나랑 오빠는 땅을 산다. 내가 생각하는 유리한 나라는 마드리드이다. 우리 셋 다 유리하다고 생각해서 이 도시 땅을 사고 싶어 한다. 하지만 동생이랑 둘이 할 때는 살 수 있는데 오빠랑 할 때는 한 번도 사본 적이 없다. 꼭 도전해서 나도 사고 싶다.

    두 번째는 빙고이다.
    가로 5줄, 세로 5줄로 25칸을 만들고 좋아하는 주제로 모든 칸을

채운다. 내가 주로 하는 주제는 과일, 동물, 채소 그리고 가끔 나라
로도 한다. 다 쓰고 한 번씩 이름을 불러 가로, 세로, 대각선으로 먼
저 세 줄을 잇고 빙고를 외치면 승리다! 승리할 때도 기분이 좋지
만 가리고 하기 때문에 누가 이길까 하는 기대함이 더 즐거운 게임
이다.

동영상이 보고 싶을 때는 나는 동영상을 만든다.
오빠랑 동생이랑 하고 싶은 곡을 결정하는데 이때 중요한 건 오빠
랑 나는 연주를 하기 때문에 우리가 할 수 있는 곡을 찾는 게 가장
힘든 일이다. 셋이 함께 만들기 때문에 마음이 중요하다. 곡을 찾고
나서 각자 연습한다. 나는 피아노로 연습을 하고 오빠는 우쿨렐레
로 동생은 춤을 추고 노래 연습을 한다. 이렇게 자기가 맡은 역할을
하고 나서 모이면 연습을 한다.

그리고 동영상을 찍는데 처음에는 이상해서 자꾸 웃음이 나긴 하
지만 몇 번 더 연습하고 나면 멋진 영상이 된다. 이렇게 하다 보면
스마트폰 생각이 나지 않고 만든 영상을 보면 뿌듯하다. 그리고 아
빠랑 엄마 앞에서 공연도 하는데 가족 말고 다른 사람들 앞에서는
아직 부끄럽다. 그래서 아직 보여준 적은 없다. 생각만 해도 얼굴이
빨개진다.

친구들에게도 스마트폰을 보고 싶을 땐 우리 삼 남매처럼 재미있
는 놀이를 찾으면 된다고 이야기해 주고 싶다.

에필로그
．．．．．．．．．．

이윤정

주부 경력 14년, 아내 경력 14년, 며느리 경력 14년, 엄마 경력 13년. 단 한 번도 '경력'이라 생각하지 못했던, 나 자신조차 인정하지 못했던, 그러나 돌이켜 생각하니 그 어떤 경력보다 아름답고 자랑스러운 경력.

주부로서, 아내와 엄마로서 정신없이 달려온 날들을 돌아보니 비로소 남편과 아빠의 자리에서 함께했던 남편, 부모의 자리를 온전히 채워주셨던 양가 부모님, 저마다의 색으로 자라나는 아이들 모두가 새삼 특별하게 느껴졌다.

그 특별함의 중심에는 이 책의 주인공인 작가님들의 글과 삶이 있었다. 작가님들의 글을 통해 내가 가야 할 길이 조금 더 분명하게 보였고 그 안에서 마음껏 자유롭고 행복할 수 있을 거라는 확신이 들었다. 또렷하게 느껴지는 일상 안에서의 이 행복을 많은 이들과 나누고 싶다.

이소희

글을 보는 내내 웃음이 끊이지 않았다. 우애와 놀이에 대해 느끼는 마음을 솔직히 담아낸 글을 보면서 한 명 한 명 우리 작가님들의 얼굴을 떠올려보았다. 이름과 나이가 적힌 A4 1장으로 만난 우리지만, 마음을 표현한 글을 통해 진심이 닿았다.

'금쪽같은 아이' 작가님들 연령은 다양하다. 8살 꼬맹이 작가님부터 23살 이제 막 성인이 된 작가님들까지 참여해 형제자매 사이에 느끼는 우애와 우애를 느끼는 순간의 감정들, 자신만의 놀이법을 제법 진지하게 담아냈다.

작가님들의 글은 어린 시절로 돌아가는 마법을 부렸다. 동생과 다투고 부모님께 혼나던 일, 그러면서도 과자 하나를 나누어 먹으며 금세 웃었던 일이 머릿속에 한꺼번에 떠올랐다. 이렇게 잊은 줄 알았던 추억을 떠올리게 해 준 작가님들의 진심이 이 글을 읽는 독자님들에게도 그대로 닿길 바라본다. 또한 어릴 적 순수한 마음을 책으로 담은 작가님들의 기억이 훗날 아름다운 추억으로 남길 함께 바라본다.

아이들의 솔직함은 생각했던 것보다 훨씬 깊었다. 깊은 마음을 나눌 수 있던 우리들의 시간에 감사하다.

감사 인사

관심 어린 마음으로 함께해 주신 독자님들, 소중한 삶을 용기 내어 꺼내주신 한국을 빛낼 100명의 가족 작가님, 깊은 울림의 글쓰기 특강해 주신 이가희 박사님, 이 책이 세상에 나와야 할 가치를 제시해 준 이루미 작가님과 권세연 작가님, 마지막까지 글 코칭으로 큰 힘이 되어주셨던 이윤정, 이소희 작가님들, '함께'의 힘을 알게 해주신 장유진, 오제현, 이한나, 이고은, 조유나 작가님들, 그리고 이 모든 애씀들이 세상에 나오게 해주신 도서출판 청어 대표님과 관계자분들까지 모두에게 깊은 감사를 전한다.

100명의 작가 일동 드림

부록
·····

응답하라 공저팀
신념과 연혁

– 신념

'주부도 경력이다!'

주부 일상, 가족, 말 관련해서 진심 안정된 모임, 책 쓰기, 강의들을 진행하며 가정과 입소문의 중심인 주부를 시작으로 온 가족 본연의 가치도 함께 빛내려 한다.

– 연혁

응답하라 공저팀은 다양한 온라인 모임들로 시작해 공저 1~11기까지 책 쓰기로 연계 진행했다. 공저 1기 출간 후 2년 6개월 내에 공저와 개인 전자책으로 319명(중복, 종이책, 전자책 모두 포함)의 출간을 도왔다. 그 모든 과정의 총괄기획은 이루미 대표가 했고 공저 1~7기와 11기는 이윤정 작가가 함께 진행과 코칭을 했다. 공저 6기 중후반부터 권세연 작가(6기, 8~11기)가 기획 진행에 합류했고 8~10

기 코칭은 이고은, 11기 어린이 코칭은 이소희, 공감팀으로 장유진(6기~11기), 윤미(7기), 오제현(9~11기) 홍보는 이한나(4~11기), 11기 홍보 지원은 이고은, 조유나 작가가 함께 했다.

공저 책들 중에는 베스트, 교육부 선정된 것들도 다수 있으며, 베스트 출간과 인연도 남기고 있다. 현재(2023년 3월 말) 일상, 가족 시리즈는 각 최대 10명(1인 A4 10장 내외), 핵심주제 시리즈는 최소 50명에서 최대 100명까지(1인당 A4 한 장) 수시 모집 중이다.

2020년 12월 10일 공저 1기(6명)   『응답하라 3040주부!』(주부일상편 1탄)

2021년 9월 1일   공저 2기(9명)   『그래도 괜찮아, 가족이니까!』(가족편 1탄)

2021년 11월 9일   공저 3기(16명) 『내가 가장 듣고 싶은 말』(전자책)

2022년 3월 17일   공저 4기(10명) 『오늘도 애쓰셨습니다』(주부일상편 2탄)

2022년 5월 19일   공저 5기(10명) 『우는 말 웃는 말』(말편 1탄)

2022년 5월 10일   공저 6기(57명) 『내 인생을 바꾼 사람들』(핵심주제편 1탄)

2022년 9월 30일   공저 7기(13명) 『괜찮은 오늘 꿈꾸는 나』(주부일상편 3탄)

2022년 11월 25일 공저 8기(55명) 『내 인생의 첫 기억』(핵심주제편 2탄)

2023년 3월 15일   공저 10기(9명) 『당신의 말 한마디에』(말편 2탄)

2023년 4월 3일   공저 9기(10명) 『나를 춤추게 하는 가족 교향곡』(가족편 2탄)

2023년 5월 10일   공저 11기(100명) 『가족해방일지』(핵심주제편 3탄)

그 외 개인 전자책 출간 진행 31명

100명의 가족이 말한다!

가족해방일지

보통사람들 지음

발행처   도서출판 **청어**
발행인   이영철
영업   이동호
홍보   천성래
기획   남기환
편집   방세화
디자인   이수빈 | 김영은
제작이사 공병한
인쇄   두리터

등록   1999년 5월 3일
          (제321-3210002510019990000063호)

1판 1쇄 발행 2023년 5월 10일

주소   서울특별시 서초구 남부순환로 364길 8-15 동일빌딩 2층
대표전화 02-586-0477
팩시밀리 0303-0942-0478
홈페이지 www.chungeobook.com
E-mail   ppi20@hanmail.net

ISBN   979-11-6855-145-9(03810)